KB193870

문학사상 30주년 기념출판

# 한국대표시인 101인선집

# 윤 동 주

윤동주(1917~1945)

# 자화상自畵像

산모퉁이를 돌아 논가 외딴 우물을 홀로 찾아가선 들여다봅니다.

우물 속에는 달이 밝고 구름이 흐르고 하늘이 펼치고 파아란 바람이 불고 가을이 있습니다.

그리고 한 사나이가 있습니다.
어쩐지 그 사나이가 미워져 돌아갑니다.

돌아가다 생각하니 그 사나이가 가엾어집니다.
도로 가 들여다보니 사나이는 그대로 있습니다.

다시 그 사나이가 미워져 돌아갑니다.
돌아가다 생각하니 그 사나이가 그리워집니다.

우물 속에는 달이 밝고 구름이 흐르고 하늘이 펼쳐 있고 파아란 바람이 불고 가을이 있고 추억追憶처럼 사나이가 있습니다.

◀ 윤동주의 조부 윤하현 장로. 1900년 간도로 이주한 유학자로, 독립운동가이자 교육자로 간도에 명동서숙(은진중학의 전신)·명동교회를 세운 윤하현은 김약연과 뜻을 같이하여 기독교로 개종하였으며, 동주가 태어날 무렵에는 명동교회 장로가 되었다.

▲ 윤동주의 아버지 윤영석(왼쪽)과 어머니 김용 여사.

▶ 북간도의 명동소학교를 졸업할 무렵의 윤동주.(두 번째 줄 오른쪽 끝) 두 번째 줄 왼쪽 끝은 윤동주의 고종사촌이자 항일운동의 동반자인 송몽규이다.

▼ 은진중학교 시절. 왼쪽부터 윤동주·문익환.

▲ 명동소학교 졸업사진. 앞줄 왼쪽 첫 번째가 문익환 목사, 오른쪽 첫 번째가 김정우, 두 번째 줄 오른쪽에서 첫 번째가 윤동주(원 안), 세 번째가 송몽규이다. 세 번째 줄 왼쪽에 서 있는 사람이 송몽규의 부친 송창희 선생이다.

▲ 조부 윤하현의 회갑잔치에 모인 윤씨 문중 사람들. 뒷줄 오른쪽에서 여섯 번째가 윤동주(원 안). 평양 숭실학교에서 돌아와 용정 광명학원 중학부에 다닐 무렵이다.

◀ 연희전문 시절, 강
화도에서 농구 경기를
끝낸 뒤.(오른쪽 끝이
윤동주)

▶ 연희전문 시절, 함께 하
숙 생활을 했던 2년 후배
정병욱(오른쪽)과 윤동주.

▲ 연희전문 재학 중 교수, 동료들과 환담 중인 윤동주.(뒷줄 왼쪽 두 번째가 윤동주)

▲ 연희전문 재학 시절 윤동주는 이화여전 내의 협성교회에 다니며, 케이블 목사 부인이 지도하던 영어 성서반에 들어 공부를 하였다.(뒷줄 오른쪽 첫 번째가 윤동주(원 안), 왼쪽에서 일곱 번째가 정병욱. 두 번째 줄 가운데 앉아 있는 사람은 케이블 목사 부인)

▶ 윤동주가 읽던 영어 성경책.

▲ 연희전문 시절 교우들과 함께.(왼쪽에서 네 번째가 윤동주, 아홉 번째가 송몽규)

연희전문 졸업사진

▲ 윤동주는 연희전문에서 수학하는 동안 많은 시와 산문을 썼는데, 이때의 작품들은 매우 높은 평가를 받고 있다.(앞줄 오른쪽 두 번째가 윤동주)

▲ 릿쿄[立教] 대학 1학년 여름방학 때 룽징[龍井]에 돌아와 친지와 찍은 사진. 서 있는 사람이 윤동주.

▼ 윤동주는 1942년 일본으로 건너가 릿쿄 대학 영문과에 입학한다. 사진은 유학 첫해 여름방학 때 귀국하여 찍은 것으로, 앞줄 가운데가 송몽규, 뒷줄 오른쪽이 윤동주.

▲ 룽징 윤동주의 고향 집에서 치러진 윤동주의 장례식. 영정의 오른쪽은 가족들이고, 왼쪽 첫 번째가 장례식을 집례한 문재린 목사이다. 사진 윗부분에는 사망 장소와 시간이 명기되어 있다.

▲ 윤동주 묘비 옆의 가족들. 왼쪽부터 윤동주의 동생인 윤영선 · 윤광주 · 윤혜원과 윤혜원의 남편 오형범.

▲ 윤동주가 수학했던 도시샤[同志社] 대학(왼쪽)과 릿쿄 대학.

◀ 윤동주가 옥사한 일본 후쿠오카[福岡] 형무소. 평생의 동지였던 송몽규도 윤동주가 숨을 거둔 지 23일 만인 3월 10일 이곳에서 옥사하였다.

▶ 룽징에 있는 윤동주의 묘비(왼쪽)과 윤동주의 모교인 연희전문(현 연세대학교)에 있는 윤동주 시비.

▲ 습작 노트와 자선 시고집(詩稿集)의 표지. 윤동주는 송몽규가 신춘
문예에 당선된 무렵부터 날짜를 명기해 가며 습작품을 보관했다.

▶ 1948년 1월 유고 30편으로 모
아 정지용(鄭芝溶)의 서문과 강처중
(姜處重)의 발문을 붙여 출간된 윤동
주의 시집 《하늘과 별과 바람과
시》 초판본(왼쪽)과 1955년도 판
표지.

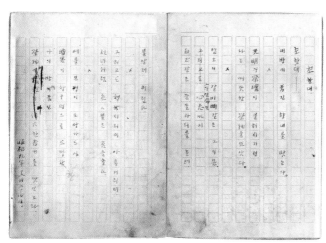

◀ 윤동주의 첫 작품 〈초 한 대〉
의 육필 원고.

문학사상 30주년 기념출판

# 한국대표시인 101인선집

# 윤 동 주

문학사상사

ⓒ 2006, 윤동주

# 시문학의 르네상스를 지향하며…
## 한국대표시인 101인선집 간행의 말씀

인류는 아득히 먼 옛날부터 언어의 탄생과 더불어 가장 아름답고 감동적인 원초적 예술인 시詩를 꽃피워왔습니다. 그리하여 시는 어느 때, 어느 곳에서나 인간의 정신과 삶을 순화하고 풍요롭게 하며, 이상理想을 지향하는 정신적 영양소로 애송되어 왔습니다.

더욱이 다정다감하고 예술적인 정서와 재능이 풍부한 우리 겨레에게 시는 인간다운 삶을 구가하는 예술혼의 정화로서, 일제의 강점기와 같은 수난기에도 나라를 사랑하는 마음을 시로써 불태우며 겨레의 가슴마다 희망과 용기에 찬 민족혼을 일깨워왔습니다.

또한 8·15 광복 후의 혼란을 겪고 6·25 동란으로 폐허가 된 이 땅에 불사조의 넋처럼 잿더미에서 일어나, 선진국의 대열에 서게 한 기적을 낳게 한 것도, 아름답고 인간적인 삶을 희구하는 시 정신이 다른 어느 민족보다 강렬했기 때문이 아니겠습니까.

그러나 안타깝게도 오늘날 우리 사회는 가치관의 혼돈과 무질서가 휩쓸고, 부정과 부패가 판을 치는가 하면, 만인의 만인에 대한 극한의 투쟁이 소용돌이치는 삭막한 풍토에서 헤어나지 못하고 있습니다.

그 같은 풍요 속의 비극은 많은 원인이 있겠으나, 무엇보다도 황금만능의 사조에 사로잡혀, 소중한 정신적 유산인 시를 사랑하며 시 정신을 소중히 여기는 전통을 잊어가고 있기 때문이라고 하겠습니다. 그러므로 메말라가는 시 정신을 불러일으켜 겨레마다 시를 사랑하는 시혼詩魂을 고취하는 노력은 무엇보다도 소중하고 보람 있는 시대적 사명이며 문학적 과제라고 믿고 싶습니다.

이에 한국문학의 발전을 위한 향도적 사명을 다하기 위해 30년의 열성과 노력을 기울여온 문학사상사는, 2002년 창사 30주년을 맞이하여, 시문학의 르네상스를 지향하는 일이야말로 오늘의 가장 중요하고 시급한 국민적 과제의 하나라고 믿으며, 뜻을 같이하는 편찬위원들의 협조를 얻어, 한국대표시인 101인선집을 간행하기로 결정했습니다.

이 시선집은 한국 신시 100년을 집대성하는 한국 출판 사상 일찍이 시도되지 못했던 시청각을 통한 입체적인 감상을 돕게 함으로써, 한국 시문학사에 커다란 발자취를 남긴 대표시인 101인의 작품과 그 업적을 자자손손에 전하며 기리고자 합니다. 이 간행의 뜻을 혜량하여 전 시단과 독자 여러분의 적극적인 성원과 지원을 기대해 마지않는 바입니다.

문학사상사 대표 임홍빈
편찬위원(김남조, 김재홍, 오세영, 이승훈, 최동호)

# 차례

## 시

### 나의 습작기習作期의 시詩 아닌 시詩

## 하늘과 바람과 별과 시詩

**습유작품拾遺作品**

## 산문

**일러두기**

1. 맞춤법과 띄어쓰기는 발표 당시의 것을 따르지 않고 모두 현행 맞춤법 규정에 따라 고쳤다. 그러나 필자의 독특한 시어나 방언의 경우 그대로 살리고, 주를 달아 독자의 이해에 편리하도록 했다.

2. 독자의 편의를 위해 원문의 한자를 한글로 고치고 한자는 그대로 병기하였다.

시

# 나의 습작기習作期의 시詩 아닌 시詩

# 초 한 대

초 한 대—
내 방에 품긴 향내를 맡는다.

광명光明의 제단祭壇이 문허지기 전,
나는 깨끗한 제물祭物을 보았다.

염소의 갈비뼈 같은 그의 몸.
그의 생명生命인 심지心志까지
백옥白玉 같은 눈물과 피를 흘려
불살라버린다.

그리고도 책머리에 아롱거리며,
선녀처럼 촛불은 춤을 춘다.

매를 본 꿩이 도망가듯이
암흑暗黑이 창구멍으로 도망한
나의 방에 품긴
제물祭物의 위대偉大한 향香내를 맛보노라.

---

*품기다 : '풍기다' 의 옛말.
*문허지다 : '무너지다' 의 잘못.

## 삶과 죽음

삶은 오늘도 죽음의 서곡序曲을 노래하였다.
이 노래가 언제나 끝나랴.

세상 사람은―
뼈를 녹여내는 듯한 삶의 노래에
춤을 춘다.
사람들은 해가 넘어가기 전前,
이 노래 끝의 공포恐怖*
생각할 사이가 없었다.

(나는 이것만은 알았다.
이 노래의 끝을 맛본 니들은
자기自己만 알고
다음 노래의 맛을 알려주지 아니
하였다.)*

하늘 복판에 아로새기듯이
이 노래를 부른 자者가 누구뇨.
그리고 소낙비 그친 뒤같이도,
이 노래를 그친 자者가 누구뇨.

죽고 뼈만 남은,

죽음의 승리자勝利者 위인偉人들!

---

*공포恐布의 '布' 는 '怖' 의 오자인 듯하다.
*육필원고에는 2연과 3연 사이에 괄호 안의 5행이 부기되어 있다.

## 내일은 없다
―어린 마음이 물은

내일 내일 하기에
물었더니,
밤을 자고 동틀 때
내일이라고.

새날을 찾은 나도
잠을 자고 돌보니,
그때는 내일이 아니라
오늘이더라.

무리여! 동무여!
내일은 없나니
……

조개껍질*
— 바닷물 소리 듣고 싶어


아롱아롱 조개껍데기
울 언니 바닷가에서
주워온 조개껍데기

여긴여긴 북쪽 나라요
조개는 귀여운 선물
장난감 조개껍데기.

데굴데굴 굴리며 놀다,
짝 잃은 조개껍데기
한 짝을 그리워하네.

아롱아롱 조개껍데기
나처럼 그리워하네.
물소리 바닷물소리.


*동요.

## 오줌싸개 지도*

빨랫줄에 걸어논
요에다 그린 지도
지난밤에 내 동생
오줌 싸 그린 지도.

꿈에 가 본 어머님 계신
별나라 지돈가,
돈 벌러 간 아버지 계신
만주 땅 지돈가.

*동시.

# 창구멍

바람 부는 새벽에 장터 가시는
우리 아빠 뒷자취 보고 싶어서
침을 발라 뚫어논 작은 창구멍
아롱아롱 아침 해 비칩니다.

눈 내리는 저녁에 나무 팔러 간
우리 아빠 오시나 기다리다가
혀끝으로 뚫어논 작은 창구멍
살랑살랑 찬바람 날아듭니다.

# 기왓장 내외

비 오는 날 저녁에 기왓장 내외
잃어버린 외아들 생각나선지
꼬부라진 잔등을 어루만지며
쭈룩쭈룩 구슬피 울음 웁니다

대궐 지붕 위에서 기왓장 내외
아름답던 옛날이 그리워선지
주름 잡힌 얼굴을 어루만지며
물끄러미 하늘만 쳐다봅니다.

# 비둘기

안아보고 싶게 귀여운
산비둘기 일곱 마리
하늘 끝까지 보일 듯이 맑은 주일날 아침에
벼를 거둬 빽빽한* 논에서
앞을 다투어 요*를 주우며
어려운 이야기를 주고받으오.

날씬한 두 나래로 조용한 공기를 흔들어
두 마리가 나오.
집에 새끼 생각이 나는 모양이오.

---

*빽빽하다 : 겉보기에 매끈하고 곱살스럽다.
*요 : 모이.

## 이별離別

눈이 오다, 물이 되는 날.
잿빛 하늘에 또 뿌연 내,* 그리고,
커다란 기관차機關車는 빼—액— 울며.
조그만 가슴은 울렁거린다.

이별이 너무 재빠르다. 안타깝게도,
사랑하는 사람을,
일터에서 만나자 하고—
더운 손의 맛과, 구슬 눈물이 마르기 전
기차는 꼬리를 산굽이로 돌렸다.

---

*내 : 연기.

식권食券

식권은 하루 세 끼를 준다.

식모는 젊은 아이들에게,
한 때 흰 그릇 셋을 준다.

대동강大同江 물로 끓인 국,
평안도平安道 쌀로 지은 밥,
조선朝鮮의 매운 고추장,

식권은 우리 배를 부르게.

# 모란봉牧丹峯에서

앙당한* 소나무 가지에
훈훈한 바람의 날개가 스치고,
얼음 섞인 대동강大同江 물에,
한나절 햇발이 미끄러지다.

허물어진 성城터에서
철모르는 여아女兒들이
저도 모를 이국異國 말로,
재질대며* 뜀을 뛰고.

난데없는 자동차自動車가 밉다.

_____

*앙당하다: 모양이 어울리지 않게 작다.
*재질대다 : 재잘대다.

# 종달새

종달새는 이른 봄날
즐드즌* 거리의 뒷골목이
싫더라.
명랑한* 봄 하늘,
가벼운 두 나래를 펴서
요염한 봄 노래가,
좋더라.
그러나,
오늘도 구멍 뚫린 구두를 끌고,
홀렁홀렁 뒷거리 길로,
고기새끼 같은 나는 헤매나니,
나래와 노래가 없음인가,
가슴이 답답하구나.

---

*즐다 : '질다'의 방언.
*명랑하다 : 볕이 환하게 밝다.

## 거리에서

달밤의 거리
광풍狂風이 휘날리는
북국北國의 거리
도시都市의 진주眞珠
전등電燈 밑을 헤엄치는,
조그만 인어人魚나,
달과 전등에 비쳐,
한 몸에 둘셋의 그림자.
커졌다 작아졌다,

괴롬의 거리
회색灰色빛 밤거리를,
걷고 있는 이 마음,
선풍旋風이 일고 있네.
외로우면서도,
한 갈피, 두 갈피,
피어나는 마음의 그림자,
푸른 공상空想이
높아졌다 낮아졌다.

# 공상空想

공상空想―
내 마음의 탑塔
나는 말없이 이 탑塔을 쌓고 있다.
명예名譽와 허영虛榮의 천공天空에다,
무너질 줄도 모르고,
한 층 두 층 높이 쌓는다.

무한無限한 나의 공상空想―
그것은 내 마음의 바다,
나는 두 팔을 펼쳐서,
나의 바다에서
자유自由로이 헤엄친다.
황금黃金, 지욕知慾의 수평선水平線을 향向하여.

# 이런 날

사이좋은 정문正門의 두 돌기둥 끝에서
오색기五色旗*와 태양기太陽旗*가 춤을 추는 날.
금[線]을 끊은 지역地域의 아이들이 즐거워하다.

아이들에게 하루의 건조乾燥한 학과學課로,
해말간 권태勸怠*가 깃들고
'모순矛盾' 두 자를 이해理解치 못하도록
머리가 단순單純하였구나.

이런 날에는
잃어버린 완고頑固하던 형兄을,
부르고 싶다.

---

*오색기 : 만주사변 직후 일제가 괴뢰국으로 세운 만주국의 깃발.
*태양기 : 일본 군부가 사용하던 일본 국기.
*권태勸怠의 '勸' 은 '倦' 의 오자인 듯하다.

## 오후午後의 구장球場

늦은 봄 기다리던 토요일土曜日날,
오후午後 세 시時 반半의 경성행京城行 열차列車는,
석탄연기石炭煙氣를 자욱이 품기고,
소리치고 지나가고

한 몸을 끌기에 강强하던,
공[볼]이 자력磁力을 잃고
한 모금의 물이
불붙는 목을,
축이기에 넉넉하다.
젊은 가슴의 피 순환循環이 잦고,
두 철각鐵脚이 늘어진다.

검은 기차汽車 연기煙氣와 함께,
푸른 산山이
아지랑이 저쪽으로
가라앉는다.

## "꿈은 깨어지고"


꿈은 눈을 떴다.
그윽한 유무幽霧에서.

노래하던 종다리.
도망쳐 날아가고.

지난날 봄 타령하던
금잔디 밭은 아니다.

탑塔은 무너졌다.
붉은 마음의 탑이—

손톱으로 새긴 대리석탑大理石塔이—
하루 저녁 폭풍暴風에 여지餘地 없이도.

오— 황폐荒廢의 쑥밭,
눈물과 목메임이여!

꿈은 깨어졌다.
탑은 무너졌다.


44

# 창공蒼空*

그 여름날,
열정熱情의 포플러는,
오려는 창공蒼空의 푸른 젖가슴을
어루만지려
팔을 펼쳐 흔들거렸다.
끓는 태양太陽 그늘 좁다란 지점地點에서.

천막天幕 같은 하늘 밑에서,
떠들던 소나기.
그리고 번개를,
춤추던 구름은 이끌고,
남방南方으로 도망하고,
높다랗게 창공은 한 폭으로
가지 위에 퍼지고,
둥근 달과 기러기를 불러왔다.

푸르른 어린 마음이 이상理想에 타고,
그의 동경憧憬의 날 가을에
조락凋落의 눈물을 비웃다.

---

*미정고未定稿.

# 빗자루*

요—리조리 베면 저고리 되고,
아—렇게 베면 큰 총 되지.
　　누나하고 나하고
　　가위로 종이 쏠았더니,*
　　어머니가 빗자루 들고
　　누나 하나 나 하나
　　엉덩이를 때렸소.
　　방바닥이 어지럽다고—

　　아니 아니
　　고놈의 빗자루가
　　방바닥 쓸기 싫으니
　　그랬지 그랬어,
괘씸하여 벽장 속에 감췄더니
이튿날 아침.
빗자루가 잃어졌다고,
어머니가 야단이지요.

---

*동시.
*쏠다 : 가위로 잘게 베거나 자르다.

46

# 햇비

아씨처럼 내린다
보슬보슬 햇비
맞아주자, 다 같이
　옥수숫대처럼 크게
　댓자 엿자 자라게
　해님이 웃는다.
　나 보고 웃는다.

하늘 다리 놓였다.
알롱달롱 무지개
노래하자, 즐겁게
　동무들아 이리 오나,
　다 같이 춤을 추자,
　해님이 웃는다.
　즐거워 웃는다.

# 비행기*

머리에 프로펠러가,
연자간 풍차보다
더— 빨리 돈다.

땅에서 오를 때보다
하늘에 높이 떠서는
빠르지 못하다
숨결이 찬 모양이야.

비행기는—
새처럼 나래를
펄럭거리지 못한다
그리고 늘—
소리를 지른다.
숨이 찬가 봐.

---

*동시.

굴뚝*


산골짜기 오막살이 낮은 굴뚝엔
몽기몽기 웬 내굴* 대낮에 솟나.

감자를 굽는 게지, 총각 애들이
깜박깜박 검은 눈이 모여 앉아서,
입술이 꺼멓게 숯을 바르고,
옛이야기 한 커리*에 감자 하나씩,

산골짝이 오막살이 낮은 굴뚝엔
살랑살랑 솟아나네 감자 굽는 내.


---

*동시.
*내굴 : 연기. '내' 의 방언.
*커리 : 거리. 내용이 될 만한 재료(이야깃거리).

# 무얼 먹구 사나*

바닷가 사람,
물고기 잡아 먹구 살구,

산골의 사람
감자 구워 먹구 살구.

별나라 사람
무얼 먹구 사나.

---

*동시.

50

# 봄*

우리 애기는
아래 발치에서 코올코올.

고양이는
부뚜막에서 가릉가릉

애기 바람이
나뭇가지에 소올소올

아저씨 해님이
하늘 한가운데서 째앵째앵

---

*동시.

# 참새*

가을 지난 마당을
　　　백노지*인 양
참새들이
　　　글씨 공부 하지요

짹, 짹,
　　　입으론
　　　　　　부르면서,
두 발로는
　　　글씨 공부 하지요.

하루 종일
　　　글씨 공부 하여도
짹 자 한 자
　　　밖에 더 못쓰는걸.

---

*미정고.
*백노지 : '갱지'를 속되게 이르는 말.

# 개

눈 위에서
개가
꽃을 그리며
뛰오.

# 편지

누나!
이 겨울에도
눈이 가득히 왔습니다.

흰 봉투에
눈을 한 줌 넣고
글씨도 쓰지 말고
우표도 붙이지 말고
말쑥하게 그대로
편지를 부칠까요.

누나 가신 나라엔
눈이 아니 온다기에.

# 버선본

어머니!
누나 쓰다 버린 습자지는
두었다간 뭣에 쓰나요?

그런 줄 몰랐더니
습자지에다 내 버선 놓고
가위로 오려,
버선본 만드는걸.

어머니!
내가 쓰다 버린 몽당연필은
두었다간 뭣에 쓰나요.

그런 줄 몰랐더니
천 위에다 버선본 놓고
침 발라 점을 찍곤
내 버선 만드는걸.

# 눈 1

지난밤에
눈이 소─복이 왔네
지붕이랑
길이랑 밭이랑
추워한다고
덮어주는 이불인가 봐

그러기에
추운 겨울에만 내리지

# 사과

붉은 사과 한 개를
아버지 어머니
누나, 나, 넷이서
껍질째로 송치*까지
다— 나눠먹었소.

---

*송치 : 속고갱이.

# 눈 2

눈이
새하얗게 와서
눈이
새물새물하오.*

---

*새물새물하다 : 눈이 부시게 아물거리다.

# 닭

　— 닭은 나래가 커두
　　왜, 날잖나요
　— 아마 두엄 파기에
　　홀, 잊었나 봐.

# 호주머니

넣을 것 없어,
걱정이던,
호주머니는,

겨울만 되면
주먹 두 개 갑북갑북.*

---

*갑북갑북 : 가득가득.

# 거짓뿌리*

똑, 똑, 똑,
문 좀 열어주세요.
하룻밤 자고 갑시다.
　　밤은 깊고 날은 추운데,
　　거, 누굴까?
문 열어주고 보니,
검둥이의 꼬리가,
거짓뿌리* 한걸.

꼬끼오, 꼬끼오,
닭 알 낳았다.
간난아! 어서 집어가거라
　　간난이 뛰어가 보니,
　　닭 알은 무슨 닭 알.
고놈의 암탉이
대낮에 새빨간
거짓뿌리 한걸.

---

*동시.
*거짓뿌리 : '거짓부리'의 잘못.

# 둘 다

바다도 푸르고,
하늘도 푸르고,

바다도 끝없고
하늘도 끝없고,

바다에 돌 던지고
하늘에 침 뱉고

바다는 벙글
하늘은 잠잠

# 반딧불

가자, 가자, 가자.
숲으로 가자.
달 조각을 주으러
숲으로 가자

　그믐밤 반딧불은
　부서진 달 조각

　가자, 가자, 가자.
　숲으로 가자.
　달 조각을 주으러
　숲으로 가자.

# 만돌이

만돌이가 학교에서 돌아오다가
전봇대 있는 데서
돌재기* 다섯 개를 주었습니다.

전봇대를 겨누고
돌 첫 개를 뿌렸습니다.
—딱—
두 개째 뿌렸습니다.
—아뿔싸—
세 개째 뿌렸습니다.
—딱—
네 개째 뿌렸습니다.
—아뿔싸—
다섯 개째 뿌렸습니다.
—딱—

다섯 개에 세 개……
그만하면 되었다.
내일 시험,
다섯 문제에, 세 문제만 하면—
손꼽아 구구를 하여봐도
허양* 육십 점이다.

볼 거 있나 공 차러 가자.

그 이튿날 만돌이는
꼼짝 못하고 선생님한테
흰 종이를 바쳤을까요.
  그렇잖으면 정말
  육십 점을 맞았을까요.

---

*돌재기 : 자갈.
*허양 : 손쉽게, 거침없이 그냥, 남는 것 없이 깡그리.

# 개

'이 개 더럽잖니'
아—니 이웃집 덜렁수캐*가
오늘 어슬렁어슬렁 우리 집으로 오더니
우리 집 바둑이의 밑구멍에다 코를 대고
씩씩 내를 맡겠지 더러운 줄도 모르고,
보기 숭해서* 막 차며 욕해 쫓았더니
꼬리를 휘휘 저으며
너희들보다 어떻겠느냐 하는 상으로
뛰어가겠지요 나— 참.

---

*덜렁수캐 : 한 곳에 듬직이 있지 못하고 이리저리 돌아다니는 개.
*숭하다 : 흉하다.

# 나무

나무가 춤을 추면
　바람이 불고,
나무가 잠잠하면
　바람도 자오.

창窓

# 황혼黃昏

햇살은 미닫이 틈으로
길쭉한 일자—字를 쓰고…… 지우고……

까마귀 떼 지붕 위로
둘, 둘, 셋, 넷, 자꾸 날아 지난다.
쑥쑥— 꿈틀꿈틀 북北쪽 하늘로,

내사……
북北쪽 하늘에 나래를 펴고 싶다.

---

*같은 시가 〈나의 습작기의 시 아닌 시〉에도 실려 있다.

# 가슴 1

소리 없는 북
답답하면 주먹으로,
두드려보오.

그래 봐도
후—
가—는 한숨보다 못하오.

---

*같은 시가 〈나의 습작기의 시 아닌 시〉에도 실려 있다. 강조한 부분은 본문과 다른 부분이다.

가슴 1

소리 없는 대고大鼓
답답하면 주먹으로,
두드려보았으나

그래 봐도
후—
가—는 한숨보다 못하오.

# 가슴 2

늦은 가을 쓰르라미
숲에 쌔워* 공포恐佈*에 떨고,

웃음 웃는 흰 달 생각이
도망가오.

---

*쌔우다 : 싸이다.
*공포恐佈의 '佈' 는 '怖' 의 오기인 듯하다.
*같은 시가 〈나의 습작기의 시 아닌 시〉에도 실려 있다. 단, 여기에는 2연의 행이 구분되지 않고 하나의 행으로
이어져 있다.

# 가슴 3


불 꺼진 화火독*을
안고 도는 겨울밤은 깊었다.

재[灰]만 남은 가슴이
문풍지 소리에 떤다.

---

*화독 : 화로, 화덕.
*같은 시가 〈나의 습작기의 시 아닌 시〉에도 실려 있다.

# 산상山上

거리가 바둑판처럼 보이고,
강江물이 배암*의 새끼처럼 기는,
산山 위에까지 왔다.
아직쯤은 사람들이,
바둑돌처럼 벌여 있으리라.

한나절의 태양太陽이
함석지붕에만 비치고,
굼벵이 걸음을 하던 기차汽車가,
정거장停車場에 섰다가, 검은 내를 토吐하고,
또, 거름발을 탄다.

텐트 같은 하늘이 무너져
이 거리를 덮을까 궁금하면서,
좀 더 높은 데로 올라가고 싶다.

---

*배암 : 뱀.
*같은 시가 〈나의 습작기의 시 아닌 시〉에도 실려 있다.

## 양지陽地 쪽

저쪽으로 황토黃土 실은 이 땅 봄바람이
호인胡人의 물레바퀴처럼 돌아 지나고,
아롱진 사월四月 태양太陽의 손길이
벽壁을 등진 설운 가슴마다 올올이 만진다.

지도地圖 째기* 노름에 뉘 땅인 줄 모르는 애 둘이,
한 뼘 손가락이 짧음을 한限함이여,

아서라! 가뜩이나 엷은 평화平和가
깨어질까 근심스럽다.

---

*지도 째기 : 땅따먹기 놀이.
*같은 시가 〈나의 습작기의 시 아닌 시〉에도 실려 있다. 강조한 부분은 본문과 다른 부분이다.

양지陽地 쪽

저쪽으로 황토黃土 실은 봄바람이
커―브를 돌아 피하고
아롱진 손길의 사월四月 태양太陽이
좀먹어 시들은 가슴을 만진다,

이역異域인 줄 모르는 소학생小學生 애 둘이
지도地圖 째기 놀음에
한 뼘의 손가락이
짧음을 한限함이여,
아서라! 엷은 평화平和가 깨어질까 근심스럽다.

76

# 남南쪽 하늘

제비는 두 나래를 가지었다.
스산한 가을날―

어머니의 젖가슴이 그리운
서리 내리는 저녁―
어린 영靈은 쪽나래*의 향수鄕愁를 타고
남南쪽 하늘에 떠돌 뿐―

―――――――――――

*쪽나래 : 작은 날개.
*같은 시가 〈나의 습작기의 시 아닌 시〉에도 실려 있다. 강조한 부분은 본문과 다른 부분이다.

남南쪽 하늘

제비는 두 나래를 가지었다.
스산한 가을날.

어머니의 젖가슴을
그리는 서리 내리는 저녁,
어린 영靈은 쪽나래의 향수鄕愁를 타고
남南쪽 하늘에 떠돌 뿐―

# 빨래

빨랫줄에 두 다리를 드리우고
흰 빨래들이 귓속 이야기하는 오후午後.

쨍쨍한 칠월七月 햇발은 고요히도,
아담한 빨래에만 달린다.

---

*같은 시가 〈나의 습작기의 시 아닌 시〉에도 실려 있다. 강조한 부분은 본문과 다른 부분이다.

빨래

빨랫줄에 두 다리를 늘이고
흰 빨래들이 귓속 이야기하는 오후午後.

쨍쨍한 칠월七月 햇발은 고요히도,
아담한 빨래에만 비친다(달린다).

# 가을 밤*

궂은 비 내리는 가을 밤
벌거숭이 그대로
잠자리에서 뛰쳐나와
마루에 쭈그리고 서서
아이인 양 하고
솨— 오줌을 쏘오.

---

*제목이 '아이인 양'으로 되어 있다가 삭제되었다. 위에 표기된 '가을 밤'은 부제인 듯하다.

*같은 시가 〈나의 습작기의 시 아닌 시〉에도 실려 있다. 여기에는 제목이 '잡필雜筆'에서 '아이인 양'으로 수정되었다가 모두 삭제되었다.

# 닭

한 칸 계사鷄舍 그 너머 창공蒼空이 깃들어
자유自由의 향토鄕土를 잊은[忘] 닭들이
시든 생활生活을 주잘대고*,
생산生産의 고로苦勞를 부르짖었다.

음산陰酸한 계사鷄舍에서 쏠려 나온
외래종外來種 레그혼,
학원學園에서 새무리가 밀려 나오는
삼월三月의 맑은 오후午後도 있다.

닭들은 녹아드는 두엄을 파기에
아담雅淡한 두 다리가 분주奔走하고
굶주렸던 주두리*가 바지런하다.
두 눈이 붉게 여물도록—

---

*주잘대다 : 주절대다.
*주두리 : 주둥이.

*같은 시가 〈나의 습작기의 시 아닌 시〉에도 실려 있다. 강조한 부분은 본문과 다른 부분이다.

"닭"


한 칸 계사鷄舍 그 너머는 창공蒼空이 깃들어
자유自由의 향토鄕土를 잊은[忘] 닭들이
시든 생활生活을 주잘대고,
생산生産의 고로苦勞를 부르짖었다.

음산陰酸한 계사鷄舍에서 쏠려 나온
외래종外來種 레그혼,
학원學園에서 새무리가 밀려나오는
삼월三月의 맑은 오후午後도 있다.
닭들은 녹아드는 두엄을 파기에
아담雅淡한 두 다리가 분주奔走하고
굶주렸던 주두리가
바지런하다.
두 눈은 여물었고,
날 수 있는 기능技能을 망각忘却하였구나.
아깝다 세련洗鍊한 그 몸이.

## 곡간谷間

산들이 두 줄로 줄달음질 치고,
여울이 소리쳐 목이 잦았다.
한여름의 해님이 구름을 타고
이 골짜기를 빠르게도 건너련다.

산山등아리*에 송아지 뿔처럼,
울뚝불뚝이 어린 바위가 솟고
얼룩소의 보드라운 털이
산등서리*에 퍼―렇게 자랐다.

삼 년三年 만에 고향故鄕 찾아드는
산골 나그네의 발걸음이
타박타박 땅을 고눈다.*
벌거숭이 두루미 다리같이……

헌 신짝이 지팡이 끝에
모가지를 매달아 늘어지고,
까치가 새끼의 날발을 태우려* 날 뿐,
골짝은 나그네의 마음처럼 고요하다.

---

*산등아리, 산등서리 : 산등, 산등성이.
*고누다 : 꼬느다, 꼲다, 겨누다, 가누다, 고르다, 밟다.
*날발을 태우다 : 날게 하다.

*같은 시가 〈나의 습작기의 시 아닌 시〉에도 실려 있다. 강조한 부분은 본문과 다른 부분이다.

곡간谷間

산들이 두 줄로 줄달음질 치고,
여울이 소리쳐 목이 잦았다.
한여름의 해님이 구름을 타고
이 골짜기를 **빠르게도** 건너련다.

산등아리에 송아지 뿔처럼,
울뚝불뚝이 어린 바위가 솟고
얼룩소의 보드라운 털이
이 산등서리에 퍼렇게 자랐다.

삼 년三年 만에 고향故鄕 찾아드는
산골 나그네의 발걸음이
타박타박 땅을 고눈다.
벌거숭이 두루미, 다리, 같이.

헌 신짝이 지팡이 끝에
모가지를 달아매어 늘어지고,
까치가 새끼의 날발을 태우려,
푸르룩 저 산에 날 뿐, 고요하다.

갓 쓴 양반 당나귀 타고, 모른 척 지나고,
이 땅에 드물던,
말 탄 섬나라 사람이
길을 묻고 지남이 이상異常한 일이다.
다시, 골짝은 고요하다. 나그네의 마음보다.

# 겨울

처마 밑에
시래기 다람이*
바삭바삭
추워요.
    길바닥에
    말똥 동그라미
    달랑달랑
    얼어요.

---

*다람이 : 두름.
*같은 시가 〈나의 습작기의 시 아닌 시〉에도 실려 있다. 강조한 부분은 본문과 다른 부분이다.

겨울

난간 밑에
시라지 다람이
바삭바삭
춥소

길바닥에
말똥 동그라미
달랑달랑
어오

—시라지 : '시래기' 의 방언.

# 밤

외양간 당나귀
아―ㅇ 앙 외마디 울음 울고,

당나귀 소리에
으― 아 아 애기 소스라쳐 깨고,

등잔에 불을 다오.

아버지는 당나귀에게
짚을 한 키 담아주고

어머니는 애기에게
젖을 한 모금 먹이고,

밤은 다시 고요히 잠드오.

---

*같은 시가 〈나의 습작기의 시 아닌 시〉에도 실려 있다.

# 할아버지

왜 떡이 씁은데도*
자꾸 달다고 하오.

---

*씁다 : 쓰다.
*같은 시가 〈나의 습작기의 시 아닌 시〉에도 실려 있다.

# 장

이른 아침 아낙네들은 시든 생활生活을
바구니 하나 가득 담아 이고……
업고 지고…… 안고 들고……
모여드오. 자꾸 장에 모여드오.

가난한 생활을 골골이 벌여놓고
밀려가고…… 밀려오고……
저마다 생활生活을 외치오…… 싸우오.

왼* 하루 올망졸망한 생활을
되질하고 저울질하고 자질하다가
날이 저물어 아낙네들이
씁은* 생활과 바꾸어 또 이고 돌아가오.

---

*왼 : '온'의 잘못.
*씁다 : 쓰다.

## 풍경風景

봄바람을 등진 초록빛 바다
쏟아질 듯 쏟아질 듯 위태롭다.

잔주름 치마폭의 두둥실거리는 물결은,
오스라질 듯 한끝 경쾌輕快롭다.

마스트 끝에 붉은 깃[旗]발이
여인女人의 머리칼처럼 나부낀다.

이 생생한 풍경風景을 앞세우며 뒤세우며
와—ㄴ 하루 거닐고 싶다.

—우중충한 오월五月 하늘 아래로,
—바다 빛 포기 포기에 수繡놓은 언덕으로.

# 달밤

흐르는 달의 흰 물결을 밀쳐
여윈 나무 그림자를 밟으며,
북망산北邙山을 향向한 발걸음은 무거웁고
고독孤獨을 반려伴侶한 마음은 슬프기도 하다.

누가 있어야만 싶던 묘지墓地엔 아무도 없고,
정적靜寂만이 군데군데 흰 물결에 폭 젖었다.

## 울적 鬱寂

처음 피워본 담배 맛은
아침까지 목 안에서 간질간질타.*

어젯밤에 하도 울적鬱寂하기에
가만히 한 대 피워보았더니.

---

*간질간질타 : '간질간질하다' 의 준말.

## 그 여자女子

함께 핀 꽃에 처음 익은 능금은
먼저 떨어졌습니다.

오늘도 가을바람은 그냥 붑니다.

길가에 떨어진 붉은 능금은
지나던 손님이 집어 갔습니다.

## 한란계寒暖計

싸늘한 대리석大理石 기둥에 모가지를 비틀
어 맨 한란계寒暖計
문득 들여다볼 수 있는 운명運命한 오척五尺 육촌六寸
의 허리 가는 수은주水銀柱,
마음은 유리관琉璃管보다 맑소이다.

혈관血管이 단조單調로워 신경질神經質인 여론동물輿論動物,
가끔 분수噴水 같은 냉冷춤*을 억지로 삼키기에,
정력精力을 낭비浪費합니다.

영하零下로 손가락질할 수돌네 방房처럼 칩은*
겨울보다
해바라기가 만발滿發할 팔월八月 교정校庭이 이상理想 곱소
이다.
피 끓을 그날이―

어제는 막 소낙비가 퍼붓더니 오늘은
좋은 날씨올시다.
동저고리 바람에 언덕으로, 숲으로 하시구려―
이렇게 가만가만 혼자서 귓속 이야기를
하였습니다.
나는 또 내가 모르는 사이에―

나는 아마도 진실眞實한 세기世紀의 계절季節을 따라,
하늘만 보이는 울타리 안을 뛰쳐,
역사歷史 같은 포지션을 지켜야 봅니다.

---

*춤 : '침'의 방언.
*침다 : '춤다'의 방언.

## 야행夜行

정각正刻! 마음이 아픈 데 있어 고약膏藥을 붙이고
시든 다리를 끌고 떠나는 행장行裝
―기적汽笛이 들리잖게 운다.
사랑스런 여인女人이 타박타박 땅
을 굴려 쫓기에
하도 무서워 상가교上架橋*를 기어 넘다.
―이제로부터 등산철도登山鐵道,
이윽고 사색思索의 포플러 터널로 들어간다.
시詩라는 것을 반추反芻하다 마땅히 반추反芻하여야 한다.
―저녁 연기煙氣가 놀로 된 이후以後
휘파람 부는 햇귀뚜라미의
노래는 마디마디 끊어져
그믐달처럼 호젓하게 슬프다.
늬는 노래 배울 어머니도 아버지도 없나 보다
―늬는 다리 가는 쬐그만 보헤미안,
내사 보리밭 동리의 어머니도
누나도 있다.
그네는 노래 부를 줄 몰라
오늘 밤도 그윽한 한숨으로 보내리니―

---

*상가교 : 구름다리.

# 비 뒤

"어― 얼마나 반가운 비냐"
할아버지의 즐거움.

가물* 들었던 곡식 자라는 소리
할아버지 담배 빠는 소리와 같다.

비 뒤의 햇살은
풀잎에 아름답기도 하다.

---

*가물 : 가뭄.

## 비애悲哀

호젓한 세기世紀의 달을 따라
알듯 모를 듯한 데로 거닐고저!

아닌 밤중에 튀기듯이
잠자리를 뛰쳐
끝없는 광야曠野를 홀로 거니는
사람의 심사心思는 외로우려니

아 — 이 젊은이는
피라미드처럼 슬프구나

# 명상瞑想

가츨가츨한* 머리칼은 오막살이 처마 끝,
숯파람*에 콧마루가 서분한* 양 간질키오*.

들창窓 같은 눈은 가볍게 닫혀,
이 밤에 연정戀情은 어둠처럼 골골이 스며드오.

---

*가츨가츨하다 : 가칠가칠하다.
*숯파람 : 휘파람.
*서분하다 : '서운하다'의 잘못.
*간질키다 : '간질이다'의 잘못.

# 창窓

쉬는 시간時間마다
나는 창窓 녘으로 합니다.

―창窓은 산 가리킴.

이글이글 불을 피워주소.
이 방에 찬 것이 서럽니다.

단풍잎 하나
맴도나 보니
아마도 자그마한 선풍旋風이 인 게외다.

그래도 싸느란 유리창에
햇살이 쨍쨍한 무렵,
상학종上學鐘*이 울어만 싶습니다.

---

*상학종 : 학교에서 그날의 공부 시작을 알리는 종.

# 바다

실어다 뿌리는
바람조차 시원타.

소나무 가지마다 샛춤히*
고개를 돌리어 뻐드러지고,*

밀치고
밀치운다.

이랑을 넘는 물결은
폭포처럼 피어오른다

해변海邊에 아이들이 모인다
찰찰 손을 씻고 구부로,

바다는 자꾸 섧어진다.
갈매기의 노래에……

돌려다 보고 돌려다 보고
돌아가는 오늘의 바다여!

---

*샛춤히 : 새침하게.
*뻐드러지다 : (1) 끝이 밖으로 벌어져 나오다. (2) 굳어서 뻣뻣해지다.

# 유언遺言

훠—ㄴ한 방房에 유언遺言은 소리 없는 입놀림.

— 바다에 진주眞珠 캐러 갔다는 아들
  해녀海女와 사랑을 속삭인다는 맏아들,
  이 밤에사 돌아오나 내다봐라—

평생平生 외로운 아버지의 운명殞命,

외딴 집에 개가 짖고,
휘양찬* 달이 문살에 흐르는 밤.

---

*휘양찬 : 휘영청.

# 산협山峽의 오후午後

내 노래는 오히려
설운 산울림.

골짜기 길에
떨어진 그림자는
너무나 슬프구나.

오후午後의 명상瞑想은
아— 졸려.

# 어머니

어머니!
젖을 빨려 이 마음을 달래어주시오.
이 밤이 자꾸 설어지나이다.

이 아이는 턱에 수염자리 잡히도록
무엇을 먹고 자랐나이까?
오늘도 흰 주먹이
입에 그대로 물려 있나이다.

어머니
부서진 납 인형人形도 싫어진 지
벌써 오랩니다

철비\*가 후누주군이\* 내리는 이 밤을
주먹이나 빨면서 새우리까?
어머니! 그 어진 손으로
이 울음을 달래어주시오.

---

\*철비 : 철 따라 내리는 비.
\*후누주군이 : 후줄근히.

# 아침

휙, 휙, 휙, 소꼬리가 부드러운 채찍질로 어둠을 쫓아,
캄, 캄, 어둠이 깊다 깊다 밝으오.

땀물을 뿌려 이 여름을 길렀소.

잎, 잎, 풀잎마다 땀방울이 맺혔소.

구김살 없는 이 아침을,
심호흡深呼吸하오 또 하오.

---

* 같은 시가 〈나의 습작기의 시 아닌 시〉에도 실려 있다. 강조한 부분은 본문과 다른 부분이다.

아침

휙, 휙, 휙, 소꼬리가 부드러운 채찍질로 어둠을 쫓아,
캄, 캄, 캄, 어둠이 깊다 깊다 밝으오

이제 이 동리의 아침이,
풀살 오른 소 엉덩이처럼 기름지오
이 동리 콩죽 먹는 사람들이,
땀물을 뿌려 이 여름을 자래웠소

잎, 잎, 풀잎마다 땀방울이 맺혔소.
여보! 여보! 이 모─든 것을 아오.

이 아침을,
심호흡深呼吸하오 또 하오.

─자래우다 : 자라게 하다, 기르다.

# 소낙비

번개, 뇌성, 왁자지근 두드려
머—ㄴ 도회지都會地에 낙뢰落雷가 있어만 싶다.

벼루짱* 엎어논 하늘로
살 같은 비가 살처럼 쏟아진다.

손바닥만 한 나의 정원庭園이
마음같이 흐린 호수湖水되기 일쑤다.

바람이 팽이처럼 돈다.
나무가 머리를 이루 잡지 못한다.

내 경건敬虔한 마음을 모셔드려
'노아' 때 하늘을 한 모금 마시다.

---

*벼루짱 : '벼룻장'의 잘못. 벼룻집.

## 가로수街路樹

가로수街路樹, 단출한 그늘 밑에
구두 술 같은 혓바닥으로
무심無心히 구두 술을 핥는 시름.

때는 오정午正. 사이렌,
어디로 갈 것이냐?

□시 그늘은 맴돌고.
따라 사나이도 맴돌고.

---

* '□'은 판독 불가능.

# 비 오는 밤

쏴— 철썩! 파도 소리 문살에 부서져
잠 살포시 꿈이 흩어진다.

잠은 한낱 검은 고래 떼처럼 살래여,*
달랠 아무런 재주도 없다.

불을 밝혀 잠옷을 정성스리 여미는
삼경三更.
염원念願.

동경憧憬의 땅 강남江南에 또 홍수洪水질 것만 싶어,
바다의 향수鄕愁보다 더 호젓해진다.

---

*살래다 : 설레다.

# 이적異蹟

발에 터분한* 것을 다 빼어버리고
황혼黃昏이 호수湖水 위로 걸어오듯이
나도 사뿐사뿐 걸어보리까?

내사 이 호수湖水 가로
부르는 이 없이
불리어 온 것은
참말 이적異蹟이외다.

오늘따라
연정戀情, 자홀自惚,* 시기猜忌, 이것들이
자꾸 금金메달처럼 만져지는구려.

하나, 내 모든 것을 여념餘念 없이,
물결에 써서 보내려니
당신은 호면湖面으로 나를 불러내소서.

---

*터분하다 : 개운하지 아니하다. 매우 답답하고 따분하다.
*자홀自惚 : 혼자서 황홀해하다. 자기도취에 빠지다.

# 사랑의 전당殿堂

아 너는 내 전殿에 언제 들어왔던 것이냐?
내사 언제 네 전殿에 들어갔던 것이냐?

우리들의 전당殿堂은
고풍古風한 풍습風習이 어린 사랑의 전당

순順아 암사슴처럼 수정水晶 눈을 나려* 감아라.
난 사자처럼 엉크린* 머리를 고르련다.

우리들의 사랑은 한낱 벙어리였다.

청춘靑春!
성聖스런 촛대에 열熱한 불이 꺼지기 전前
순아 너는 앞문으로 내달려라.

어둠과 바람이 우리 창窓에 부닥치기 전
나는 영원永遠한 사랑을 안은 채
뒷문門으로 멀리 사라지련다.

이제,

네게는 삼림森林 속의 아늑한 호수湖水가 있고,
내게는 준험峻險한 산맥山脈이 있다.

*나리다 : '내리다' 의 잘못.
*엉크리다 : '엉클다' 의 잘못.

## 아우의 인상화印像畵*

붉은 이마에 싸늘한 달이 서리어
아우의 얼굴은 슬픈 그림이다.

발걸음을 멈추어
살그머니 앳된 손을 잡으며
"너는 자라 무엇이 되려니"

"사람이 되지"
아우의 설운 진정코 설운 대답對答이다.

슬며—시 잡았던 손을 놓고
아우의 얼굴을 다시 들여다본다.

싸늘한 달이 붉은 이마에 젖어
아우의 얼굴은 슬픈 그림이다.

---

*인상화印像畵의 '像' 은 '象' 의 오자인 듯 하다.

## 코스모스

청초淸楚한 코스모스는
오직 하나인 나의 아가씨,

달빛이 싸늘히 추운 밤이면
옛 소녀少女가 못 견디게 그리워
코스모스 핀 정원庭園으로 찾아간다.

코스모스는
귀또리* 울음에도 수줍어지고,

코스모스 앞에선 나는
어렸을 적처럼 부끄러워지나니,

내 마음은 코스모스의 마음이오,
코스모스의 마음은 내 마음이다.

---

*귀또리 : 귀뚜라미.

# '고추밭'


시들은 잎새 속에서
고 빨—간 살을 드러내놓고,
고추는 방년芳年된 아가씬 양
땍볕*에 자꾸 익어간다.

할머니는 바구니를 들고
밭머리에서 어정거리고
손가락 너어는* 아이는
할머니 뒤만 따른다.

---

*땍볕 : 뙤약볕.
*너어다 : 씹다, 깨물다.

# 비로봉毘盧峯

만상萬象을
굽어보기란—

무릎이
오들오들 떨린다.

백화白樺
어려서 늙었다.

새가
나비가 된다

정말 구름이
비가 된다.

옷자락이
칩다.*

---

*칩다 : 춥다.

# 햇빛, 바람*


손가락에 침 발라
쏘—ㄱ, 쏙, 쏙
장에 가는 엄마 내다보려
문풍지를
쏘—ㄱ, 쏙, 쏙

아침에 햇빛이 빤짝,

손가락에 침 발라
쏘—ㄱ, 쏙, 쏙.
장에 가신 엄마 돌아오나
문풍지를
쏘—ㄱ, 쏙, 쏙.

저녁에 바람이 솔솔.

---
*동요.

# 해바라기 얼굴

누나의 얼굴은
　해바라기 얼굴.
해가 금방 뜨자
　일터에 간다.

해바라기 얼굴은
　누나의 얼굴
얼굴이 숙어들어*
　집으로 온다.

*숙어들다 : 기운 따위가 줄어지다.

# 애기의 새벽

우리 집에는
닭도 없단다.
다만
애기가 젖 달라 울어서
새벽이 된다.

우리 집에는
시계도 없단다.
다만
애기가 젖 달라 보채어
새벽이 된다.

---

*육필원고에는 2연 왼쪽에 같은 제목의 다음과 같은 작품이 씌어 있다.

애기의 새벽

애기가 울어서
새벽이 된다
우리 집에는
닭도 없는데

애기가 보채어
새벽이 된다
우리 집에는
시계도 없는데

# 귀뚜라미와 나와

귀뚜라미와 나와
잔디밭에서 이야기했다.

귀뚤귀뚤
귀뚤귀뚤

아무에게도 알려주지 말고
우리 둘만 알자고 약속했다.

귀뚤귀뚤
귀뚤귀뚤

귀뚜라미와 나와
달 밝은 밤에 이야기했다.

# 산울림

까치가 울어서
산울림,
아무도 못 들은
산울림,

까치가 들었다
산울림,
저 혼자 들었다,
산울림.

# 달같이

연륜年輪이 자라듯이
달이 자라는 고요한 밤에
달같이 외로운 사랑이
가슴 하나 뻐근히
연륜年輪처럼 피어나간다.

## 장미薔薇 병病들어

장미 병들어
옮겨놓을 이웃이 없도다.

달랑달랑 외로이
황마차幌馬車* 태워 산山에 보낼거나.

뚜— 구슬피
화륜선火輪船* 태워 대양大洋에 보낼거나.

프로펠러 소리 요란히
비행기飛行機 태워 성층권成層圈에 보낼거나

이것저것
다 그만두고

자라가는 아들이 꿈을 깨기 전前
이내 가슴에 묻어다오.

*황마차 : 포장마차.
*화륜선 : 기선.

120

# '산골 물'

괴로운 사람아 괴로운 사람아
옷자락 물결 속에서도
가슴속 깊이 돌돌 샘물이 흘러
이 밤을 더불어 말할 이 없도다.
거리의 소음과 노래 부를 수 없도다.
그신* 듯이 냇가에 앉았으니
사랑과 일을 거리에 맡기고
가만히 가만히
바다로 가자,
바다로 가자.

---

*그시다 : 끌다

# 투르게네프의 언덕*

나는 고갯길을 넘고 있었다…… 그때 세 소년少年 거지가 나를 지나쳤다.

첫째 아이는 잔등에 바구니를 둘러메고, 바구니 속에는 사이다 병 간즈매통* 쇳조각, 헌 양말짝 등等 폐물廢物이 가득하였다.

둘째 아이도 그러하였다.

셋째 아이도 그러하였다.

텁수룩한 머리털 시커먼 얼굴에 눈물 고인 충혈充血된 눈 색色 잃어 푸르스름한 입술, 너덜너덜한 남루襤褸 찢겨진 맨발.

아 — 얼마나 무서운 가난이 이 어린 소년少年들을 삼키었느냐!

나는 측은惻隱한 마음이 움직이었다.

나는 호주머니를 뒤지었다. 두툼한 지갑, 시계時計, 손수건…… 있을 것은 죄다 있었다.

그러나 무턱대고 이것들을 내줄 용기勇氣는 없었다. 손으로 만지작만지작거릴 뿐이었다.

다정多情스레 이야기나 하리라 하고 "얘들아" 불러보았다.

첫째 아이가 충혈充血된 눈으로 흘끔 돌아다볼 뿐이었다.

둘째 아이도 그러할 뿐이었다.

셋째 아이도 그러할 뿐이었다.

그러고는 너는 상관相關 없다는 듯이 자기自己네끼리 소곤소곤 이야기하면서 고개로 넘어갔다.

언덕 위에는 아무도 없었다.
짙어가는 황혼黃昏이 밀려들 뿐 ─

---

*산문시.
*간즈매 : 간즈매[缶詰]. 통조림.

하늘과 바람과 별과 시詩

# 서시序詩*


죽는 날까지 하늘을 우러러
한 점 부끄럼이 없기를,
잎새에 이는 바람에도
나는 괴로워했다.
별을 노래하는 마음으로
모든 죽어가는 것을 사랑해야지
그리고 나한테 주어진 길을
걸어가야겠다.

오늘 밤에도 별이 바람에 스치운다.

---

*원문에는 이 시의 제목이 붙어 있지 않다. 그러나 윤동주의 육필 원고에는 '서시序詩'라는 제목이 씌어 있었다고 윤동주 동생 윤일주尹一柱가 증언한 바 있다. (윤일주, '윤동주의 생애'《나라사랑》 23호. 1976. 6. 159쪽). 이후 제목 미상의 이 시에는 '서시'라는 제목이 붙게 되었다.

# 자화상自畵像*

산모퉁이를 돌아 논가 외딴 우물을 홀로 찾아가선 가만히 들여다봅니다.

우물 속에는 달이 밝고 구름이 흐르고 하늘이 펼치고 파아란 바람이 불고 가을이 있습니다.

그리고 한 사나이가 있습니다.
어쩐지 그 사나이가 미워져 돌아갑니다.

돌아가다 생각하니 그 사나이가 가엾어집니다. 도로 가 들여다보니 사나이는 그대로 있습니다.

다시 그 사나이가 미워져 돌아갑니다.
돌아가다 생각하니 그 사나이가 그리워집니다.

우물 속에는 달이 밝고 구름이 흐르고 하늘이 펼치고 파아란 바람이 불고 가을이 있고 추억追憶처럼 사나이가 있습니다.

---

*윤동주는 후일 미완성 상태인 이 작품을 다듬어 《문우文友》(연희전문학교 문우회 발간지) 1941년 6월호에 〈우물 속의 자화상自畵像〉이란 제목으로 발표하였다. 강조한 부분은 본문과 다른 부분이다.

## 우물 속의 자화상自畵像

산모퉁이를 돌아 논가 외딴 우물을 홀로 찾아가선 들여다봅니다.

우물 속에는 달이 밝고 구름이 흐르고 하늘이 펼치고 파아란 바람이 불고 가을이 있습니다.

그리고 한 사나이가 있습니다. 어쩐지 그 사나이가 미워져 돌아갑니다.

돌아가다 생각하니 그 사나이가 가엾어집니다. 도로 가 들여다보니 사나이는 그대로 있습니다.

다시 그 사나이가 미워져 돌아갑니다. 돌아가다 생각하니 그 사나이가 그리워집니다.

우물 속에는 달이 밝고 구름이 흐르고 하늘이 펼쳐 있고 파아란 바람이 불고 가을이 있고 추억追憶처럼 사나이가 있습니다.

## 소년少年

    여기저기서 단풍잎 같은 슬픈 가을이 뚝뚝 떨어진다. 단풍잎 떨어져 나온 자리마다 봄을 마련해놓고 나뭇가지 위에 하늘이 펼쳐 있다. 가만히 하늘을 들여다보려면 눈썹에 파란 물감이 든다. 두 손으로 따뜻한 볼을 씻어보면 손바닥에도 파란 물감이 묻어난다. 다시 손바닥을 들여다본다. 손금에는 맑은 강물이 흐르고, 강물 속에는 사랑처럼 슬픈 얼굴—아름다운 순이順伊의 얼굴이 어린다. 소년少年은 황홀히 눈을 감아본다. 그래도 맑은 강물은 흘러 사랑처럼 슬픈 얼굴—아름다운 순이의 얼굴은 어린다.

# 눈 오는 지도地圖

순이順伊가 떠난다는 아침에 말 못 할 마음으로 함박눈이 내려, 슬픈 것처럼 창窓밖에 아득히 깔린 지도地圖 위에 덮인다.

방房 안을 돌아다보아야 아무도 없다. 벽壁과 천정天井*이 하얗다. 방房 안에까지 눈이 내리는 것일까. 정말 너는 잃어버린 역사歷史처럼 홀홀히 가는 것이냐. 떠나기 전前에 일러둘 말이 있던 것을 편지를 써서도 네가 가는 곳을 몰라 어느 거리, 어느 마을, 어느 지붕 밑, 너는 내 마음속에만 남아 있는 것이냐. 네 쪼고만 발자국을 눈이 자꾸 내려 덮여 따라갈 수도 없다. 눈이 녹으면 남은 발자국 자리마다 꽃이 피리니 꽃 사이로 발자국을 찾아 나서면 일 년一年 열두 달 하냥* 내 마음에는 눈이 내리리라.

---

*천정天井 : '천장天障'의 잘못.
*하냥 : 늘. 함께.

# 돌아와 보는 밤

　세상으로부터 돌아오듯이 이제 내 좁은 방에 돌아와 불을 끄옵니다. 불을 켜두는 것은 너무나 피로롭은* 일이옵니다. 그것은 낮의 연장延長이옵기에─

　이제 창窓을 열어 공기空氣를 바꾸어드려야 할 텐데 밖을 가만히 내다보아야 방房 안과 같이 어두워 꼭 세상 같은데 비를 맞고 오던 길이 그대로 빗속에 젖어 있사옵니다.

　하루의 울분을 씻을 바 없어 가만히 눈을 감으면 마음속으로 흐르는 소리, 이제, 사상思想이 능금처럼 저절로 익어가옵니다.

---

*피로롭다 : 명사 '피로'에 접미사 '롭'이 붙어 그러함, 그러할 만함을 나타내는 형용사로 파생된 단어. '피로하다'보다 정도가 덜한 상태를 이르는 방언.
*같은 시가 〈습유작품〉에는 〈흐르는 거리〉라는 제목으로 실려 있다. 강조한 부분은 본문과 다른 부분이다.

흐르는 거리

돌아와 보는 밤

세상으로부터 돌아오듯이
이제 내 좁은 방房에 돌아와서
불을 끄옵니다.

불을 켜두는 것은 너무나 피로롭은 일입니다.
그것은 낮의 연장延長이옵기에

밤을 가만히 내다보아야
방房 안과 같이 어두워
꼭 세상 같은데

비를 맞고 오던 길이 그대로 남아 있사옵니다.

하루의 울분을 씻을 바 없어
가만히 눈을 감으면
마음속으로 흐르는 소리, 이제,
사상思想이 능금처럼 저절로 익어가옵니다.

# 병원病院

　살구나무 그늘로 얼굴을 가리고 병원病院 뒤뜰에 누워 젊은 여자女子가 흰옷 아래로 하얀 다리를 드러내놓고 일광욕日光浴을 한다. 한나절이 기울 도록 가슴을 앓는다는 이 여자를 찾아오는 이, 나비 한 마리도 없다. 슬프 지도 않은 살구나무 가지에는 바람조차 없다.

　나도 모를 아픔을 오래 참다 처음으로 이곳에 찾아왔다. 그러나 나의 늙 은 의사는 젊은이의 병病을 모른다. 나한테는 병病이 없다고 한다. 이 지나 친 시련試鍊, 이 지나친 피로疲勞, 나는 성내서는 안 된다.

　여자는 자리에서 일어나 옷깃을 여미고 화단花壇에서 금잔화金盞花 한 포기를 따 가슴에 꽂고, 병실病室로 사라진다. 나는 그 여자女子의 건강健 康이—아니 내 건강健康도 속速히 회복回復되기를 바라며 그가 누웠던 자 리에 누워본다.

# 새로운 길

내를 건너서 숲으로
고개를 넘어서 마을로

어제도 가고 오늘도 갈
나의 길 새로운 길

문들레*가 피고 까치가 날고
아가씨가 지나고 바람이 일고

나의 길은 언제나 새로운 길
오늘도…… 내일도……

내를 건너서 숲으로
고개를 넘어서 마을로

---

*문들레 : 민들레.
* 같은 시가 〈창〉에도 실려 있다.

# 간판看板 없는 거리

정거장停車場 플랫폼에
내렸을 때 아무도 없어,

다들 손님들뿐,
손님 같은 사람들뿐,

집집마다 간판看板이 없어
집 찾을 근심이 없어

빨갛게
파랗게
불붙는 문자文字도 없이*

모퉁이마다
자애慈愛로운 헌 와사등瓦斯燈*에
불을 혀놓고*,

손목을 잡으면
다들, 어진 사람들
다들, 어진 사람들

136

봄, 여름, 가을, 겨울,
순서로 돌아들고.

---

*윤동주의 육필 원고를 보면 4연이 원고지 가장자리 여백에 씌어 있다.
*와사등 : 가스등.
*혀다 : 켜다.

# 태초太初의 아침

봄날 아침도 아니고
여름, 가을, 겨울,
그런 날 아침도 아닌 아침에

빨—간 꽃이 피어났네,
햇빛이 푸른데,

그 전날 밤에
그 전날 밤에
모든 것이 마련되었네,

사랑은 뱀과 함께
독毒은 어린 꽃과 함께

# 또 태초太初의 아침

하얗게 눈이 덮이었고
전신주電信柱가 잉잉 울어
하나님 말씀이 들려온다.

무슨 계시啓示일까.

빨리
봄이 오면
죄罪를 짓고
눈이
밝아

이브가 해산解産하는 수고를 다하면

무화과無花果 잎사귀로 부끄런 데를 가리고

나는 이마에 땀을 흘려야겠다.

# 새벽이 올 때까지

다들 죽어가는 사람들에게
검은 옷을 입히시오.

다들 살아가는 사람들에게
흰옷을 입히시오.

그리고 한 침대寢台*에
가지런히 잠을 재우시오.

다들 울거들랑
젖을 먹이시오

이제 새벽이 오면
나팔 소리 들려올 게외다.

---

*침대寢台의 '台'는 '臺'의 오자인 듯하다.

## 무서운 시간時間

거 나를 부르는 것이 누구요,

가랑잎 이파리 푸르러 나오는 그늘인데,
나 아직 여기 호흡呼吸이 남아 있소.

한 번도 손들어 보지 못한 나를
손들어 표할 하늘도 없는 나를

어디에 내 한 몸 둘 하늘이 있어
나를 부르는 것이오.

일이 마치고 내 죽는 날 아침에는
서럽지도 않은 가랑잎이 떨어질 텐데……

나를 부르지 마오.

## 십자가十字架

쫓아오던 햇빛인데
지금 교회당敎會堂 꼭대기
십자가十字架에 걸리었습니다.

첨탑尖塔이 저렇게도 높은데
어떻게 올라갈 수 있을까요.

종鐘소리도 들려오지 않는데
휘파람이나 불며 서성거리다가,

괴로웠던 사나이,
행복幸福한 예수 그리스도에게처럼
십자가十字架가 허락 許諾된다면

모가지를 드리우고
꽃처럼 피어나는 피를
어두워가는 하늘 밑에
조용히 흘리겠습니다.

# 바람이 불어

바람이 어디로부터 불어와
어디로 불려가는 것일까.

바람이 부는데
내 괴로움에는 이유理由가 없다.

내 괴로움에는 이유理由가 없을까.

단 한 여자女子를 사랑한 일도 없다.
시대時代를 슬퍼한 일도 없다.

바람이 자꾸 부는데
내 발이 반석 위에 섰다.

강물이 자꾸 흐르는데
내 발이 언덕 위에 섰다.

## 슬픈 족속族屬

흰 수건이 검은 머리를 두르고,
흰 고무신이 거친 발에 걸리우다.

흰 저고리 흰 치마가 슬픈 몸집을 가리고
흰 띠가 가는 허리를 질끈 동이다.

---

*같은 시가 〈창〉에도 실려 있다.

144

# 눈 감고 간다

태양太陽을 사모하는 아이들아
별을 사랑하는 아이들아

밤이 어두웠는데
눈 감고 가거라.

가진 바 씨앗을
뿌리면서 가거라

발부리에 돌이 채이거든
감았던 눈을 와짝 떠라.

## 또 다른 고향故鄉

고향故鄉에 돌아온 날 밤에
내 백골白骨이 따라와 한 방에 누웠다.

어둔 방房은 우주宇宙로 통通하고
하늘에선가 소리처럼 바람이 불어온다.

어둠 속에 곱게 풍화작용風化作用하는
백골白骨을 들여다보며
눈물짓는 것이 내가 우는 것이냐
백골白骨이 우는 것이냐
아름다운 혼魂이 우는 것이냐

지조志操 높은 개는
밤을 새워 어둠을 짖는다.

어둠을 짖는 개는
나를 쫓는 것일 게다.

가자 가자
쫓기우는 사람처럼 가자
백골白骨 몰래
아름다운 또 다른 고향故鄉에 가자.

# 길

잃어버렸습니다.
무얼 어디다 잃었는지 몰라
두 손이 주머니를 더듬어
길에 나아갑니다.

돌과 돌과 돌이 끝없이 연달아
길은 돌담을 끼고 갑니다.

담은 쇠문을 굳게 닫아
길 위에 긴 그림자를 드리우고

길은 아침에서 저녁으로
저녁에서 아침으로 통했습니다.

돌담을 더듬어 눈물 짓다
쳐다보면 하늘은 부끄럽게 푸릅니다.

풀 한 포기 없는 이 길을 걷는 것은
담 저쪽에 내가 남아 있는 까닭이고,

내가 사는 것은, 다만,
잃은 것을 찾는 까닭입니다.

# 별 헤는 밤

계절季節이 지나가는 하늘에는
가을로 가득 차 있습니다.

나는 아무 걱정도 없이
가을 속의 별들을 다 헤일 듯합니다.

가슴속에 하나둘 새겨지는 별을
이제 다 못 헤는 것은
쉬이 아침이 오는 까닭이요,
내일來日 밤이 남은 까닭이요,
아직 나의 청춘靑春이 다하지 않은 까닭입니다.

별 하나에 추억追憶과
별 하나에 사랑과
별 하나에 쓸쓸함과
별 하나에 동경憧憬과
별 하나에 시詩와
별 하나에 어머니, 어머니,

어머님, 나는 별 하나에 아름다운 말 한마디씩 불러봅니다. 소학교小學校
때 책상冊床을 같이했던 아이들의 이름과 패佩, 경鏡, 옥玉 이런 이국소녀
異國少女들의 이름과 벌써 애기 어머니 된 계집애들의 이름과 가난한 이웃

사람들의 이름과, 비둘기, 강아지, 토끼, 노새, 노루, 프랜시스 잠, 라이너 마리아 릴케, 이런 시인詩人의 이름을 불러봅니다.

이네들은 너무나 멀리 있습니다.
별이 아슬히 멀듯이,

어머님,
그리고 당신은 멀리 북간도北間島에 계십니다.

나는 무엇인지 그리워
이 많은 별빛이 내린 언덕 위에
내 이름자를 써보고,
흙으로 덮어버리었습니다.

딴은, 밤을 새워 우는 벌레는
부끄러운 이름을 슬퍼하는 까닭입니다.

그러나 겨울이 지나고 나의 별에도 봄이 오면
무덤 위에 파란 잔디가 피어나듯이
내 이름자 묻힌 언덕 위에도
자랑처럼 풀이 무성할 게외다.

# 습유작품拾遺作品

# 산림山林


시계時計가 자근자근 가슴을 때려
하잔한* 마음을 산림山林이 부른다.

천년千年 오래인 연륜年輪에 짜들은* 유적幽寂한 산림山林이
고달픈 한 몸을 포옹抱擁할 인연因緣을 가졌나 보다.

'산림山林의 검은 파동波動 위로부터
어둠은 어린 가슴을 짓밟는다.'

멀리 첫 여름의 개구리 재질댐*에
흘러간 마을의 과거過去가 아질타.*

가지, 가지 사이로 반짝이는 별들만이
새날의 향연饗宴으로 나를 부른다.

발걸음을 멈추어
하나, 둘, 어둠을 헤아려본다.
아득하다

문득 이파리 흔드는 저녁 바람에

솨— 무섬이 옮아오고.

*하잔하다 : 잔잔하고 한가롭다.
*짜들다 : (1) 물건이오래되어 때나 기름이 묻어 더럽게 된다. (2) 세상의 여러 가지 어려운 일에 시달려 위축되다.
*재질대다 : 재잘대다.
*아질타 : 아질하다, 좀 어지럽다.
*같은 시가 〈나의 습작기의 시 아닌 시〉에도 실려 있다. 강조한 부분은 본문과 다른 부분이다.

산림山林

잔뜩 가라앉은 방房에
자-욱이 불안不安이 깃들고
시계時計가 자근자근 가슴을 때려
산림山林으로 쫓는다.

유암幽暗한 산림山林이
고단한 몸을 포옹抱擁할
인연因緣을 가졌다.

산림山林의 파동波動 위로부터
어둠이 어린 가슴을 짓밟고
이파리를 흔드는 저녁 바람이
솨- 공포恐怖에 떨게 하고
멀리 첫 여름의 개구리 소리에
그리운 과거過去의 단편斷片이 아질다.

나무 틈으로 반짝이는 별만이
새 세기世紀의 희망希望으로 나를 이끈다.

154

*같은 시가 〈창〉에도 실려 있다. 강조한 부분은 본문과 다른 부분이다.

산림山林

시계時計가 자근자근 가슴을 때려
불안不安한 마음을 산림山林이 부른다.

천년千年 오랜 연륜年輪에 짜들은 유암幽暗한 산림山林이, 고달픈 한 몸을
포옹抱擁할 인연因緣을 가졌나 보다.

산림山林의 검은 파동波動 위로부터
어둠은 어린 가슴을 짓밟고

이파리를 흔드는 저녁 바람이
솨- 공포恐怖에 떨게 한다.

멀리 첫 여름의 개구리 재질댐에
흘러간 마을의 과거過去가 아질타.

나무 틈으로 반짝이는 별만이
새날의 희망希望으로 나를 이끈다.

— 공포蒲佈의 '佈'는 '怖'의 오기인 듯하다.

# 황혼黃昏이 바다가 되어

하루도 검푸른 물결에
흐느적 잠기고…… 잠기고……

저— 웬 검은 고기 떼가
물든 바다를 날아 횡단橫斷할꼬.

낙엽落葉이 된 해초海草
해초마다 슬프기도 하오.

서창西窓에 걸린 해말간 풍경화風景畫.
옷고름 너어는* 고아孤兒의 설움.

이제 첫 항해航海하는 마음을 먹고
방바닥에 나뒹구오…… 뒹구오……

황혼黃昏이 바다가 되어
오늘도 수數많은 배가
나와 함께 이 물결에 잠겼을 게요.

---

*널다 : 물어뜯거나 씹다, 잘근잘근 씹다.

*같은 시가 〈나의 습작기의 시 아닌 시〉에 〈황혼〉이라는 제목으로 실려 있다. 강조한 부분은 본문과 다른 부분이다.

**황혼黃昏**

하루도 검푸른 물결에
흐느적 잠기고…… 잠기고……

저― 웬 검은 고기 떼가
물든 바다를 날아 횡단橫斷할꼬.

이파리 잃은 해초海草
해초海草마다 슬프기도 하오.

서창西窓에 걸린 해말간 풍경화風景畵.
옷고름 너어는 젊은 나그네의(고아孤兒의) 시름.

이제 첫 항해航海하는 마음을 먹고
방바닥에 나뒹구오…… 뒹구오……

오늘도 수많은 배가
나와 함께 이 물결에 잠겼을 게오.

*같은 시가 〈창〉에도 실려 있다. 강조한 부분은 본문과 다른 부분이다.

황혼黃昏이 바다가 되어

하루도 검푸른 물결에
흐느적 잠기고…… 잠기고……

저― 웬 검은 고기 떼가

물든 바다를 날아 횡단橫斷할꼬.

낙엽落葉이 된 해초海草
해초海草마다 슬프기도 하오.

서창西窓에 걸린 해말간 풍경화風景畵.
옷고름 너어는 고아孤兒의 설움.

이제 첫 항해航海하는 마음을 먹고
방바닥에 나뒹구오⋯⋯ 뒹구오⋯⋯

황혼黃昏이 바다가 되어
오늘도 수數많은 배가
나와 함께 이 물결에 사라졌을 게오.

# 위로慰勞

거미란 놈이 흉한 심보로 병원病院 뒤뜰 난간과 꽃밭 사이 사람 발이 잘 닿지 않는 곳에 그물을 쳐놓았다. 옥외요양屋外療養을 받는 젊은 사나이가 누워서 치어다보기 바르게—

나비가 한 마리 꽃밭에 날아들다 그물에 걸리었다. 노—란 날개를 파득거려도 파득거려도 나비는 자꾸 감기우기만 한다.
거미가 쏜살같이 가더니 끝없는 끝없는 실을 뽑아 나비의 온몸을 감아 버린다. 사나이는 긴 한숨을 쉬었다.

나[歲]보담 무수한 고생 끝에 때를 잃고 병病을 얻은 이 사나이를 위로慰勞할 말이—거미줄을 헝클어버리는 것밖에 위로慰勞의 말이 없었다.

팔복八福
—마태복음福音 오장五章 삼십이三十二


슬퍼하는 자는 복이 있나니
슬퍼하는 자는 복이 있나니
슬퍼하는 자는 복이 있나니
슬퍼하는 자는 복이 있나니
슬퍼하는 자는 복이 있나니
슬퍼하는 자는 복이 있나니
슬퍼하는 자는 복이 있나니
슬퍼하는 자는 복이 있나니

저희가 영원永遠히 슬플 것이오.

# 못 자는 밤

하나, 둘, 셋, 넷
··················
밤은
많기도 하다.

# 간肝

바닷가 햇빛 바른 바위 위에
습한 간肝을 펴서 말리우자.

코카서스 산중山中에서 도망해 온 토끼처럼
둘러리*를 빙빙 돌며 간肝을 지키자.

내가 오래 기르던 여윈 독수리야!
와서 뜯어먹어라. 시름없이

너는 살지고
나는 여위어야지, 그러나,

거북이야!
디시는 용궁龍宮의 유혹誘惑에 안 떨어진다.

프로메테우스, 불쌍한 프로메테우스
불 도적한 죄로 목에 맷돌을 달고
끝없이 침전沈澱하는 프로메테우스.

---

*둘러리 : 둘레.

# 참회록懺悔錄

파란 녹이 낀 구리 거울 속에
내 얼굴이 남아 있는 것은
어느 왕조王朝의 유물遺物이기에
이다지도 욕될까.

나는 나의 참회懺悔의 글을 한 줄에 줄이자.
─만滿 이십사 년二十四年 일 개월一個月을
　무슨 기쁨을 바라 살아왔던가.

내일이나 모레나 그 어느 즐거운 날에
나는 또 한 줄의 참회록懺悔錄을 써야 한다.
─그때 그 젊은 나이에
　왜 그런 부끄런 고백告白을 했던가.

밤이면 밤마다 나의 거울을
손바닥으로 발바닥으로 닦아보자

그러면 어느 운석隕石 밑으로 홀로 걸어가는
슬픈 사람의 뒷모양이
거울 속에 나타나온다.

# 흰 그림자

황혼黃昏이 짙어지는 길모금*에서
하루 종일 시들은 귀를 가만히 기울이면
땅검*의 옮겨지는 발자취 소리.

발자취 소리를 들을 수 있도록
나는 총명했던가요.

이제 어리석게도 모든 것을 깨달은 다음
오래 마음 깊은 속에
괴로워하던 수많은 나를
하나, 둘, 제 고장으로 돌려보내면
거리 모퉁이 어둠 속으로
소리 없이 사라지는 흰 그림자,

흰 그림자들
연연히 사랑하던 흰 그림자들,

내 모든 것을 돌려보낸 뒤
허전히 뒷골목을 돌아
황혼黃昏처럼 물드는 내 방으로 돌아오면

신념信念이 깊은 의젓한 양羊처럼
하루 종일 시름없이 풀포기나 뜯자.

---

*길모금 : 길목.
*땅검 : 땅거미.

## 사랑스런 추억追憶

봄이 오던 아침, 서울 어느 쪼그만 정거장停車場에서
희망希望과 사랑처럼 기차汽車를 기다려,

나는 플랫폼에 간신한* 그림자를 떨어뜨리고,
담배를 피웠다.

내 그림자는 담배 연기 그림자를 날리고,
비둘기 한 떼가 부끄러울 것도 없이
나래 속을 속, 속, 햇빛에 비춰, 날았다.

기차는 아무 새로운 소식도 없이
나를 멀리 실어다주어,

봄은 다 가고— 동경교외東京郊外 어느 조용한 하숙방下宿房에서, 옛 거
리에 남은 나를 희망과 사랑처럼 그리워한다.

오늘도 기차는 몇 번이나 무의미無意味하게 지나가고,

오늘도 나는 누구를 기다려 정거장停車場 가차운* 언덕에서 서성거릴
게다.

— 아아 젊음은 오래 거기 남아 있거라.

---

*간신艱辛하다 : 힘들고 고생스럽다.
*가찹다 : 가깝다.

# 흐르는 거리

으스름히 안개가 흐른다. 거리가 흘러간다.

저 전차電車, 자동차自動車, 모든 바퀴가 어디로 흘리어 가는 것일까. 정박定泊할 아무 항구港口도 없이, 가련한 많은 사람들을 싣고서, 안개 속에 잠긴 거리는,

거리 모퉁이 붉은 포스트 상자를 붙잡고, 섰으려면 모든 것이 흐르는 속에 어렴풋이 빛나는 가로등街路燈, 꺼지지 않는 것은 무슨 상징象徵일까? 사랑하는 동무 박朴이여! 그리고 김金이여! 자네들은 지금 어디 있는가? 끝없이 안개가 흐르는데,

'새로운 날 아침 우리 다시 정情답게 손목을 잡아보세' 몇 자字 적어 포스트 속에 떨어뜨리고, 밤을 새워 기다리면 금휘장金徽章에 금金단추를 삐였고* 거인巨人처럼 찬란히 나타나는 배달부配達夫, 아침과 함께 즐거운 내림來臨.

이 밤을 하염없이 안개가 흐른다.

---

*삐다 : 끼다.

# 봄

봄이 혈관血管 속에 시내처럼 흘러
돌, 돌, 시내 가차운* 언덕에
개나리, 진달래, 노─란 배추꽃,

삼동三冬을 참아온 나는
풀포기처럼 피어난다.

즐거운 종달새야
어느 이랑에서나 즐거웁게 솟쳐라.

푸르른 하늘은
아른, 아른, 높기도 한데……

---

*가찹다 : 가깝다.

## 쉽게 씌어진 시詩

창窓밖에 밤비가 속살거려
육첩방六疊房*은 남의 나라,

시인詩人이란 슬픈 천명天命인 줄 알면서도
한 줄 시詩를 적어볼까.

땀내와 사랑내 포근히 품긴
보내주신 학비봉투學費封套를 받아

대학大學 노—트를 끼고
늙은 교수敎授의 강의講義 들으러 간다.

생각해보면 어린 때 동무를
하나, 둘, 죄다 잃어버리고

나는 무얼 바라
나는 다만, 홀로 침전沈澱하는 것일까?

인생人生은 살기 어렵다는데
시詩가 이렇게 쉽게 씌어지는 것은
부끄러운 일이다.

육첩방六疊房은 남의 나라,
창窓밖에 밤비가 속살거리는데,
등불을 밝혀 어둠을 조금 내몰고,
시대時代처럼 올 아침을 기다리는 최후最後의 나,

나는 나에게 작은 손을 내밀어
눈물과 위안慰安으로 잡는 최초最初의 악수握手.

---

*육첩방 : 일본식 돗자리인 '다다미' 여섯 장짜리 방.

산문

# 달을 쏘다

번거롭던 사위四圍가 잠잠해지고 시계時計 소리가 또렷하나 보니 밤은 적이 깊을 대로 깊은 모양이다. 보던 책자冊子를 책상冊床머리에 밀어놓고 잠자리를 수습한 다음 잠옷을 걸치는 것이다. "딱" 스위치 소리와 함께 전등電燈을 끄고 창窓녘의 침대寢臺에 드러누우니 이때까지 밖은 휘양찬* 달밤이었던 것을 감각感覺지 못하였댔다. 이것도 밝은 전등電燈의 혜택惠澤이었을까.

나의 누추陋醜한 방房이 달빛에 잠겨 아름다운 그림이 된다는 것보담도 오히려 슬픈 선창船艙이 되는 것이다. 창살이 이마로부터 콧마루, 입술 이렇게 하여 가슴에 여민 손등에까지 어른거려 나의 마음을 간질이는 것이다. 옆에 누운 분의 숨소리에 방房은 무시무시해진다. 아이처럼 황황해지는 가슴에 눈을 치떠서 밖을 내다보니 가을 하늘은 역시 맑고 우거진 송림松林은 한 폭의 묵화墨畵다. 달빛은 솔가지에 솔가지에 쏟아져 바람인 양 쏴― 소리가 날 듯하다. 들리는 것은 시계時計 소리와 숨소리와 귀또리 울음뿐 벅쩍 고던* 기숙사寄宿舍도 절간보다 더 한층 고요한 것이 아니냐?

나는 깊은 사념思念에 잠기우기 한창이다. 딴은 사랑스런 아가씨를 사유할 수 있는 아름다운 상회想華도 좋고, 어릴 적 미련未練을 두고 온 고향故鄕에의 향수鄕愁도 좋거니와 그보담 손쉽게 표현表現 못 할 심각深刻한 그 무엇이 있다.

바다를 건너온 H군君의 편지 사연을 곰곰 생각할수록 사람과 사람 사이의 감정感情이란 미묘微妙한 것이다. 감상적感傷的인 그에게도 필연必然코 가을은 왔나 보다. 편지는 너무나 지나치지 않았던가. 그중 한 토막,

군君아! 나는 지금 울며 울며 이 글을 쓴다. 이 밤도 달이 뜨고 바람이 불고, 인간人間인 까닭에 가을이란 흙냄새도 안다. 정情의 눈물, 따뜻한 예술학도藝術學徒였던 정情의 눈물도 이 밤이 마지막이다.

또 마지막 켠으로 이런 구절句節이 있다.

당신은 나를 영원永遠히 쫓아버리는 것이 정직正直할 것이오.

나는 이 글의 뉘앙스를 해득解得할 수 있다. 그러나 사실事實 나는 그에게 아픈 소리 한마디 한 일이 없고 설운 글 한 쪽 보낸 일이 없지 아니한가. 생각건대 이 죄罪는 다만 가을에게 지워 보낼 수밖에 없다.

홍안서생紅顔書生으로 이런 단안斷案을 내리는 것은 외람한 일이나 동무란 한낱 괴로운 존재存在요, 우정友情이란 진정코 위태로운 잔에 떠놓은 물이다. 이 말을 반대反對할 자者 누구랴. 그러나 지기知己 하나 얻기 힘들다 하거늘 알뜰한 동무 하나 잃어버린다는 것이 살을 베어내는 아픔이다.

나는 나를 정원庭園에서 발견發見하고 창窓을 넘어 나왔다든가 방문房門을 열고 나왔다든가 왜 나왔느냐 하는 어리석은 생각에 두뇌頭腦를 괴롭게 할 필요必要는 없는 것이다. 다만 귀뚜라미 울음에도 수줍어지는 코스모스 앞에 그윽이 서서 닥터 빌링스*의 동상銅像 그림자처럼 슬퍼지면 그만이다.

나는 이 마음을 아무에게나 전가轉家시킬 심보는 없다. 옷깃은 민감敏感이어서 달빛에도 싸늘히 추워지고 가을 이슬이란 선득선득하여서 설운 사나이의 눈물인 것이다.

발걸음은 몸뚱이를 옮겨 못 가에 세워줄 때 못 속에도 역시 가을이 있고, 삼경三更이 있고 나무가 있고, 달이 있다.

그 찰나刹那 가을이 원망怨望스럽고 달이 미워진다. 더듬어 돌을 찾아 달을 향向하여 죽어라고 팔매질을 하였다. 통쾌! 달은 산산이 부서지고 말았다. 그러나 놀랐던 물결이 잦아들 때 오래잖아 달은 도로 살아난 것이 아니냐. 문득 하늘을 쳐다보니 얄미운 달은 머리 위에서 빈정대는 것을……

　나는 꼿꼿한 나뭇가지를 고누어* 띠를 째서 줄을 메워 훌륭한 활을 만들었다, 그리고 좀 탄탄한 갈대로 화살을 삼아 무사武士의 마음을 먹고 달을 쏘다.

―《조선일보朝鮮日報》 1939년 1월 23일
―《학풍學風》 1949년 7·8월

―――――――――――

*휘양차다 : 휘영청하다.
*고다 : 큰 소리로 시끄럽게 떠들다.
*닥터 빌링스 : B. W. Billings 한국명 변영서. 미국 감리교 목사. 1908년 내한하여 연희전문 교수로 봉직했으며, 시 동인지 《장미촌》을 발행했다.
*고누다 : 휘다.

# 별똥 떨어진 데

밤이다.

하늘은 푸르다 못해 농회색濃灰色으로 캄캄하나 별들만은 또렷또렷 빛난다. 침침한 어둠뿐만 아니라 오삭오삭 춥다. 이 육중한 기류氣流 가운데 자조自嘲하는 한 젊은이가 있다. 그를 나라고 불러두자.

나는 이 어둠에서 배태胚胎되고 이 어둠에서 생장하여서 아직도 이 어둠 속에서 그대로 생존生存하나 보다. 이제 내가 갈 곳이 어딘지 몰라 허우적거리는 것이다. 하기는 나는 세기世紀의 초점焦點인 듯 초췌憔悴하다. 얼핏 생각하기에는 내 바닥을 반드시 받들어주는 것도 없고 그렇다고 내 머리를 갑박이* 내려 누르는 아무것도 없는 듯하다마는 내막內幕은 그렇지도 않다. 나는 도무지 자유自由스럽지 못하다. 다만 나는 없는 듯 있는 하루살이처럼 허공虛空에 부유浮遊하는 한 점點에 지나지 않는다. 이것이 하루살이처럼 경쾌輕快하다면 마침 다행多幸할 것인데 그렇지를 못하구나!

이 점點의 대칭위치對稱位置에 또 하나 다른 밝음[明]의 초점焦點이 도사리고 있는 듯 생각된다. 덥석 움키었으면 잡힐 듯도 하다마는 그것을 휘잡기에는 나 자신自身이 둔질鈍質이라는 것보담 오히려 내 마음에 아무런 준비準備도 배포치 못한 것이 아니냐. 그러고 보니 행복幸福이란 별스런 손님을 불러들이기에도 또 다른 한 가닥 구실을 치르지 않으면 안 될까 보다.

이 밤이 나에게 있어 어릴 적처럼 한낱 공포恐怖의 장막인 것은 벌써 흘러간 전설傳說이요, 따라서 이 밤이 향락享樂의 도가니라는 이야기도 나의 염두念頭에선 아직 소화消化시키지 못할 돌덩이다. 오로지 밤은 나의 도전挑戰의 호적好敵이면 그만이다.

이것이 생생한 관념세계觀念世界에만 머무른다면 애석한 일이다. 어둠 속에 깜빡깜빡 졸며 다닥다닥 나란히 한 초가草家들이 아름다운 시詩의 화사華詞가 될 수 있다는 것은 벌써 지나간 제너레이션의 이야기요, 오늘에 있어서는 다만 말 못하는 비극悲劇의 배경背景이다.

이제 닭이 홰를 치면서 맵짠 울음을 뽑아 밤을 쫓고 어둠을 짓내몰아 동켠으로 흰—히 새벽이란 새로운 손님을 불러온다 하자. 하나 경망輕妄스럽게 그리 반가워할 것은 없다. 보아라. 가령假令 새벽이 왔다 하더라도 이 마을은 그대로 암담暗澹하고 나도 그대로 암담暗澹하고 하여서 너나 나나 이 가랑지길*에서 주저주저躊躇躊躇 아니치 못할 존재存在들이 아니냐.

나무가 있다.

그는 나의 오랜 이웃이요, 벗이다. 그렇다고 그와 내가 성격性格이나 환경環境이나 생활生活이 공통共通한 데 있어서가 아니다. 말하자면 극단極端과 극단極端 사이에도 애정愛情이 관통貫通할 수 있다는 기적적奇蹟的인 교분交分의 한 표본標本에 지나지 못할 것이다.

나는 처음 그를 퍽 불행不幸한 존재存在로 가소롭게 여겼다. 그의 앞에 설 때 슬퍼지고 측은惻隱한 마음이 앞을 가리곤 하였다마는 오늘 돌이켜 생각건대 나무처럼 행복幸福한 생물生物은 다시없을 듯하다. 굳음에는 이루 비길 데 없는 바위에도 그리 탐탁지는 못할망정 자양분滋養分이 있다 하거늘 어디로 간들 생生의 뿌리를 박지 못하며, 어디로 간들 생활生活의 불평不平이 있을소냐. 칙칙하면 솔솔 솔바람이 불어오고, 심심하면 새가 와서 노래를 부르다 가고, 출출하면 한 줄기 비가 오고, 밤이면 수數많은 별들과 오순도순 이야기할 수 있고— 보다 나무는 행동行動의 방향方向이란 거추장스런 과제課題에 봉착逢着하지 않고 인위적人爲的으로든 우연으로서든 탄생誕生시켜 준 자리를 지켜 무진무궁無盡無窮한 영양소營養素를 흡취吸取하고 영롱玲瓏한 햇빛을 받아들여 손쉽게 생활生活을 영위營爲하고 오로지 하늘만 바라고 뻗어질 수 있는 것이 무엇보다 행복幸福스럽지 않으냐.

이 밤도 과제課題를 풀지 못하여 안타까운 나의 마음에 나무의 마음이 점점漸漸 옮아오는 듯하고, 행동行動할 수 있는 자랑을 자랑치 못함에 뼈 저리는 듯하나 나의 젊은 선배先輩의 웅변雄辯이 왈曰 선배先輩도 믿지 못할 것이라니 그러면 영리怜悧한 나무에게 나의 방향方向을 물어야 할 것인가.

어디로 가야 하느냐. 동東이 어디냐, 서西가 어디냐, 남南이 어디냐, 북北이 어디냐, 아차! 저 별이 번쩍 흐른다. 별똥 떨어진 데가 내가 갈 곳인가 보다. 하면 별똥아! 꼭 떨어져야 할 곳에 떨어져야 한다.

—《민성民聲》 1948년 12월

---

*갑박이 : 가뜩.
*가랑지길 : 갈림길.

# 화원花園에 꽃이 핀다

개나리, 진달래, 앉은뱅이,* 라일락, 민들레, 찔레, 복사, 들장미, 해당화, 모란, 라일락, 창포, 튤립, 카네이션, 봉선화, 백일홍, 채송화, 달리아, 해바라기, 코스모스…….

코스모스가 홀홀히 떨어지는 날 우주宇宙의 마지막은 아닙니다. 여기에 푸른 하늘이 높아지고, 빨간 노란 단풍이 꽃에 못지않게 가지마다 물들었다가 귀또리 울음이 끊어짐과 함께 단풍의 세계가 무너지고, 그 위에 하룻밤 사이에 소복이 흰 눈이 내려 쌓이고, 화로火爐에는 빨간 숯불이 피어오르고, 많은 이야기와 많은 일이 이 화롯가에서 이루어집니다.

독자讀者 제현諸賢! 여러분은 이 글이 씌어지는 때를 독특獨特한 계절季節로 짐작해서는 아니 됩니다. 아니, 봄, 여름, 가을, 겨울, 어느 철로나 상정想定하셔도 무방합니다. 사실 일 년一年 내내 봄일 수는 없습니다. 하나 이 화원花園에는 사철 내 봄이 청춘靑春들과 함께 싱싱하게 등대하여 있다고 하면 과분過分한 자기선전自己宣傳일까요. 하나의 꽃밭 이루어지도록 손쉽게 되는 것이 아니라 고생과 노력勞力이 있어야 하는 것입니다.

딴은 얼마의 단어單語를 모아 이 졸문拙文을 지적거리는 데도 내 머리는 그렇게 명석明晰한 것은 못 됩니다. 한 해 동안을 내 두뇌頭腦로써가 아니라 몸으로써 일일이 헤아려 세포 사이마다 간직해두어야 겨우 몇 줄의 글이 이루어집니다. 그리하여 나에게 있어 글을 쓴다는 것이 그리 즐거운 일일 수는 없습니다.

봄바람의 고민苦悶에 짜들고,* 녹음綠陰의 권태倦怠에 시들고, 가을 하늘 감상感傷에 울고, 노변爐邊의 사색思索에 졸다가 이 몇 줄의 글과 나의 화원花園과 함께 나의 일 년一年은 이루어집니다.

시간을 먹는다는(이 말의 의의意義와 이 말의 묘미妙味는 칠판 앞에 서보신 분과 앉아보신 분은 누구나 아실 것입니다) 그것은 확실確實히 즐거운 일임에 틀림없습니다. 하루를 휴강休講한다는 것보다(하긴 슬그머니 까먹어버리면 그만이지만) 다못* 한 시간, 예습豫習, 숙제宿題를 못 해왔다든가 따분하고 졸리고 한 때, 한 시간의 휴강休講은 진실로 살로 가는 것이어서, 만일 교수敎授가 불편不便하여 못 나오셨다고 하더라도 미처 우리들의 예의禮儀를 갖출 사이가 없는 것입니다. 그러나 이것을 우리들의 망발과 시간時間의 낭비浪費라고 속단速斷하셔서 아니 됩니다. 여기에 화원花園이 있습니다. 한 포기 푸른 풀과 한 떨기의 붉은 꽃과 함께 웃음이 있습니다.

노―트 장을 적시는 것보다, 한우충동汗牛充棟에 묻혀 글줄과 씨름하는 것보다, 더 명확明確한 진리眞理를 탐구探求할 수 있을는지, 보다 더 많은 지식知識을 획득獲得할 수 있을는지, 보다 더 효과적效果的인 성과成果가 있을지를 누가 부인否認하겠습니까.

나는 이 귀貴한 시간時間을 슬그머니 동무들을 떠나서 단 혼자 화원花園을 거닐 수 있습니다. 단 혼자 꽃들과 풀들과 이야기할 수 있다는 것이 얼마나 다행多幸한 일이겠습니까. 참말 나는 온정溫情으로 이들을 대할 수 있고 그들은 웃음으로 나를 맞아줍니다. 그 웃음을 눈물로 대對한다는 것은 나의 감상感傷일까요. 고독孤獨, 정적靜寂도 확실確實히 아름다운 것임에 틀림이 없으나, 여기에 또 서로 마음을 주는 동무가 있는 것도 다행多幸한 일이 아닐 수 없습니다. 우리 화원花園 속에 모인 동무들 중에, 집에 학비學費를 청구請求하는 편지를 쓰는 날 저녁이면 생각하고 생각하던 끝 겨우 몇 줄 써 보낸다는 A군, 기뻐해야 할 서류書類(통칭通稱 월급봉투月給封套)를 받아 든 손이 떨린다는 B군, 사랑을 위爲하여서는 밥맛을 잃고 잠을 잊어버린다는 C군, 사상적思想的 당착撞着에 자살自殺을 기약期約한다는 D군君…… 나는 이 여러 동무들의 갸륵한 심정心情을 내 것인 것처럼 이해理解할 수 있습니다. 서로 너그러운 마음으로 대對할 수 있습니다.

나는 세계관世界觀, 인생관人生觀, 이런 좀 더 큰 문제問題보다 바람과 구름과 햇빛과 나무와 우정友情, 이런 것들에 더 많이 괴로워해 왔는지도 모르겠습니다. 단지 이 말이 나의 역설逆說이나 나 자신自身을 흐리우는 데 지날 뿐일까요.

　일반一般은 현대現代 학생學生 도덕道德이 부패腐敗했다고 말합니다. 스승을 섬길 줄을 모른다고들 합니다. 옳은 말씀들입니다. 부끄러울 따름입니다. 하나 이 결함을 괴로워하는 우리를 어깨에 지워 광야曠野로 내쫓아 버려야 하나요. 우리들의 아픈 데를 알아주는 스승, 우리들의 생채기를 어루만져주는 따뜻한 세계世界가 있다면 박탈剝脫된 도덕道德일지언정 기울여 스승을 진심眞心으로 존경尊敬하겠습니다. 온정溫情의 거리에서 원수를 만나면 손목을 붙잡고 목 놓아 울겠습니다.

　세상世上은 해를 거듭, 포성砲聲에 떠들썩하건만 극히 조용한 가운데 우리들 동산에서 서로 융합融合할 수 있고 이해理解할 수 있고 종전從前의 ×*가 있는 것은 시세時勢의 역효과逆效果일까요.

　봄이 가고, 여름이 가고, 가을 코스모스가 훌훌히 떨어지는 날 우주宇宙의 마지막은 아닙니다. 단풍의 세계世界가 있고—이상이견빙지履霜而堅氷至— 서리를 밟거든 얼음이 굳어질 것을 각오하라—가 아니라, 우리는 서릿발에 끼친 낙엽落葉을 밟으면서 멀리 봄이 올 것을 믿습니다.

　노변爐邊에서 많은 일이 이루어질 것입니다.

---

*앉은뱅이 : 제비꽃
*짜들다: 찌들다, 쩌들다.
*다못 : 다만, 더불어 또는 함께.
*원고에는 이 ×부분이 비어 있다.

# 종시終始

종점終點이 시점始點이 된다. 다시 시점始點이 종점終點이 된다.

아침저녁으로 이 자국을 밟게 되는데, 이 자국을 밟게 된 연유緣由가 있다. 일찍이 서산대사西山大師가 살았을 듯한 우거진 송림松林 속, 게다가 덩그러시* 살림집은 외따로 한 채뿐이었으나 식구食口로는 굉장한 것이어서 한 지붕 밑에서 팔도八道 사투리를 죄다 들을 만큼 모아놓은 미끈한 장정壯丁들만이 욱실욱실하였다. 이곳에 법령法令은 없었으나 여인금납구女人禁納區였다. 만일 강심장强心臟의 여인女人이 있어 불의不意의 침입侵入이 있다면 우리들의 호기심好奇心을 적이 자아내었고, 방房마다 새로운 화제話題가 생기곤 하였다. 이렇듯 수도생활修道生活에 나는 소라 속처럼 안도安堵하였던 것이다.

사건事件이란 언제나 큰 데서 동기動機가 되는 것보다 오히려 작은 데서 더 많이 발작發作하는 것이다.

눈 온 날이었다. 동숙同宿하는 친구의 친구가 한 시간時間 남짓한 문안 들어가는 차 시간車時間까지를 낭비浪費하기 위爲하여 나의 친구를 찾아 들어와서 하는 대화對話였다.

"자네 여보게, 이 집 귀신이 되려나?"
"조용한 게 공부하기 작히나 좋잖은가?"
"그래 책장이나 뒤적뒤적하면 공부 줄 아나. 전차電車 간에서 내다볼 수 있는 광경光景, 정거장停車場에서 맛볼 수 있는 광경, 다시 기차汽車 속에서 대對할 수 있는 모든 일들이 생활 아닌 것이 없거든, 생활 때문에 싸우는 이 분위기雰圍氣에 잠겨서, 보고, 생각하고, 분석分析하고, 이거야말로 진정진正한 의미意味의 교육教育이 아니겠는가. 여보게! 자네 책장만 뒤지고 인생人生이 어떠하니 사회社會가 어떠하니 하는 것은 십육 세기十六世紀에서나 찾아볼 일일세. 단연斷然 문안으로 나오도록 마음을 돌리게."

  나한테 하는 권고勸告는 아니었으나 이 말에 귀 틈이 뚫려 상푸둥* 그러리라고 생각하였다. 비단非但 여기만이 아니라 인간人間을 떠나서 도道를 닦는다는 것이 한낱 오락娛樂이요, 오락娛樂이매 생활이 될 수 없고, 생활이 없으매 이 또한 죽은 공부가 아니냐, 하여 공부도 생활화生活化하여야 되리라 생각하고 불일내*에 문안으로 들어가기를 내심內心으로 단정斷定해 버렸다. 그 뒤 매일每日같이 이 자국을 밟게 된 것이다.

  나만 일찍이 아침 거리의 새로운 감촉感觸을 맛볼 줄만 알았더니 벌써 많은 사람들의 발자국에 포도舖道는 어수선할 대로 어수선했고 정류장停留場에 머물 때마다 이 많은 무리를 죄다 어디 갔다 터트릴 심산心算인지 꾸역꾸역 자꾸 박아 싣는데 늙은이, 젊은이, 아이 할 것 없이 손에 꾸러미를 안 든 사람은 없다. 이것이 그들 생활生活의 꾸러미요, 동시同時에 권태倦怠의 꾸러미인지도 모르겠다.

  이 꾸러미를 든 사람들의 얼굴을 하나하나씩 뜯어보기로 한다. 늙은이 얼굴이란 너무 오래 세파世波에 찌들어서 문제問題도 안 되겠거니와 그 젊은이들 낯짝이란 도무지 말씀이 아니다. 열이면 열이 다 우수憂愁 그것이요, 백百이면 백百이 다 비참悲慘 그것이다. 이들에게 웃음이란 가물에 콩 싹이다. 필경必境 귀여우리라는 아이들의 얼굴을 보는 수밖에 없는데 아이들의 얼굴이란 너무나 창백蒼白하다. 혹或시 숙제宿題를 못 해서 선생先生한테 꾸지람을 들을 것이 걱정인지 풀이 죽어 쭈그러뜨린 것이 활기活氣란 도무지 찾아볼 수 없다. 내 상도 필연必然코 그 꼴일 텐데 내 눈으로 그 꼴을 보지 못하는 것이 다행多幸이다. 만일 다른 사람의 얼굴을 보듯 그렇게 자주 내 얼굴을 대對한다고 할 것 같으면 벌써 요사夭死하였을는지도 모른다.

나는 내 눈을 의심疑心하기로 하고 단념斷念하자!

차라리 성벽城壁 위에 펼친 하늘을 쳐다보는 편이 더 통쾌痛快하다. 눈은 하늘과 성벽城壁 경계선境界線을 따라 자꾸 달리는 것인데 이 성벽城壁이란 현대現代로서 카무플라주한* 옛 금성金城이다. 이 안에서 어떤 일이 이루어졌으며 어떤 일이 행行하여지고 있는지 성城 밖에서 살아왔고 살고 있는 우리들에게는 알 바가 없다. 이제 다만 한 가닥 희망希望은 이 성벽城壁이 끊어지는 곳이다.

기대는 언제나 크게 가질 것이 못 되어서, 성벽이 끊어지는 곳에 총독부總督府, 도청道廳, 무슨 참고관參考館, 체신국遞信局, 신문사新聞社, 소방조消防組, 무슨 주식회사株式會社, 부청府廳, 양복점洋服店, 고물상古物商 등等 나란히 하고 연달아 오다가 아이스케이크 간판看板에 눈이 잠깐 머무는데 이놈을 눈 내린 겨울에 빈집을 지키는 꼴이라든가, 제 신분身分에 맞지 않는 가게를 지키는 꼴을 살짝 필름에 올리어 본달 것 같으면 한 폭幅의 고등高等 풍자만화諷刺漫畫가 될 터인데, 하고 나는 눈을 감고 생각하기로 한다. 사실事實 요즈음 아이스케이크 간판看板 신세身勢를 면免치 아니치 못할 자者 얼마나 되랴. 아이스케이크 간판看板은 정열情熱에 불타는 염서炎暑가 진정眞正코 아수롭다.*

눈을 감고 한참 생각하노라면 한 가지 거리끼는 것이 있는데 이것은 도덕률道德律이란 거추장스러운 의무감義務感이다. 젊은 녀석이 눈을 딱 감고 버티고 앉아 있다고 손가락질하는 것 같아서 번쩍 눈을 떠본다. 하나 가차이* 자선慈善할 대상對象이 없음에 자리를 잃지 않겠다는 심정心情보다 오히려 아니꼽게 본 사람이 없었으리란 데 안심安心이 된다.

이것은 과단성果斷性 있는 동무의 주장主張이지만 전차電車에서 만난 사람은 원수요, 기차汽車에서 만난 사람은 지기知己라는 것이다. 딴은 그러리라고 얼마큼 수긍首肯하였댔다.

한 자리에서 몸을 비비적거리면서도 "오늘은 좋은 날씨올시다" "어디서 내리시나요" 쯤의 인사는 주고받을 법한데 일언반구一言半句 없이 뚱한 꼴들이 작으나 큰 원수를 맺고 지내는 사이들 같다. 만일 상냥한 사람이 있어 요만쯤의 예의禮儀를 밟는다고 할 것 같으면 전차電車 속의 사람들은 이를 정신이상자精神異常者로 대접할 게다. 그러나 기차汽車에서는 그렇지 않다. 명함名銜을 서로 바꾸고 고향故鄕 이야기, 행방行方 이야기를 거리낌 없이 주고받고, 심지어 남의 여로旅路를 자기自己의 여로旅路인 것처럼 걱정하고, 이 얼마나 다정多情한 인생행로人生行路냐.

이러는 사이에 남대문南大門을 지나쳤다. 누가 있어 "자네 매일每日 같이 남대문南大門을 두 번씩 지날 터인데 그래 늘 보곤 하는가"라는 어리석은 듯한 멘탈 테스트를 낸다면 나는 아연啞然해지지 않을 수 없다.

가만히 기억記憶을 더듬어본달 것 같으면 늘이 아니라 이 자국을 밟은 이래以來 그 모습을 한 번이라도 쳐다본 적이 있었던 것 같지 않다. 하기는 그것이 나의 생활生活에 긴緊한 일이 아니매 당연當然한 일일 게다. 하나 여기에 하나의 교훈敎訓이 있다. 횟수回數가 너무 잦으면 모든 것이 피상적皮相的이 되어버리느니라.

이것과는 관련關聯이 먼 이야기 같으나 무료無聊한 시간時間을 까기 위爲하여 한마디 하면서 지나가자.

시골서는 내로라고 하는 양반이었던 모양인데 처음 서울 구경을 하고 돌아가서 며칠 동안 배운 서울 말씨를 섣불리 써가며 서울 거리를 손으로 형용하고 말로서 떠벌려 옮겨놓더라는데, 정거장停車場에 턱 내리니 앞에 고색古色이 창연蒼然한 남대문南大門이 반기는 듯 가로막혀 있고, 총독부總督府 집이 크고, 창경원昌慶苑에 백百 가지 금수禽獸가 봄 직했고 덕수궁德壽宮의 옛 궁전宮殿이 회포懷抱를 자아냈고, 화신和信 승강기乘降機는 머리가 힝— 했고, 본정本町엔 전등電燈이 낮처럼 밝은데 사람이 물 밀리듯 밀리고 전차電車란 놈이 윙윙 소리를 지르며 지르며 연달아 달리고— 서울이 자기自己 하나를 위爲하여 이루어진 것처럼 우쭐했는데 이것쯤은 있을 듯한 일이다.

한데 게도 방정꾸러기가 있어,

"남대문南大門이란 현판懸板이 참 명필名筆이지요?"

하고 물으니 대답對答이 걸작傑作이다.

"암 명필名筆이고말고. 남자南字 대자大字 문자門字 하나하나 살아서 막 꿈틀거리는 것 같데."

어느 모로나 서울 자랑하려는 이 양반으로서는 가당可當한 대답對答일게다. 이분에게 아현阿峴고개 막바지기에,—아니 시벽한* 데 말고— 가차이 종로鐘路 뒷골목에 무엇이 있던가를 물었다면 얼마나 당황唐慌해했으랴.

나는 종점終點을 시점始點으로 바꾼다.

내가 내린 곳이 나의 종점終點이요, 내가 타는 곳이 나의 시점始點이 되는 까닭이다. 이 짧은 순간瞬間 많은 사람 사이에 나를 묻는 것인데, 나는 이네들에게 너무나 피상적皮相的이 된다.

나의 휴머니티를 이네들에게 발휘發揮해 낸다는 재주가 없다. 이네들의 기쁨과 슬픔과 아픈 데를 나로서는 측량測量한다는 수가 없는 까닭이다. 너무 막연漠然하다. 사람이란 횟수가 잦은 데와 양量이 많은 데는 너무나 쉽게 피상적皮相的이 되나 보다. 그럴수록 자기自己 하나 간수看守하기에 분망奔忙하나 보다.

시그널을 밟고 기차汽車는 왱— 떠난다. 고향故鄕으로 향向한 차車도 아니건만 공연空然히 가슴은 설렌다. 우리 기차汽車는 느릿느릿 가다 숨차면 가정거장假停車場에서도 선다. 매일每日같이 웬 여자女子들인지 주렁주렁 서 있다. 저마다 꾸러미를 안았는데, 예例의 그 꾸러민 듯싶다. 다들 방년芳年된 아가씨들인데 몸매로 보아하니 공장工場으로 가는 직공職工들은 아닌 모양이다. 얌전히들 서서 기차汽車를 기다리는 모양이다. 판단判斷을 기다리는 모양이다. 하나 경망輕妄스럽게 유리창琉璃窓을 통

通하여 미인美人 판단判斷을 내려서는 안 된다. 피상법칙皮相法則이 여기에도 적용適用될지 모른다. 투명透明한 듯하나 믿지 못할 것이 유리琉璃다. 얼굴을 쪼개논 듯이 한다든가, 이마를 좁다랗게 한다든가, 코를 말코로 만든다든가, 턱을 조개턱으로 만든다든가 하는 악희惡戲를 유리창琉璃窓이 때때로 감행敢行하는 까닭이다. 판단判斷을 내리는 자者에게는 별반別般 이해관계利害關係가 없다손 치더라도 판단判斷을 받는 당자當者에게 오려던 행운幸運이 도망逃亡갈는지를 누가 보장保障할쏘냐. 여하간如何間 아무리 투명透明한 꺼풀일지라도 깨끗이 벗겨버리는 것이 마땅할 것이다.

이윽고 터널이 입을 버리고 기다리는데 거리 한가운데 지하철도地下鐵道도 아닌 터널이 있다는 것이 얼마나 슬픈 일이냐. 이 터널이란 인류역사人類歷史의 암흑시대暗黑時代요, 인생행로人生行路의 고민상苦悶相이다. 공연空然히 바퀴 소리만 요란하다. 구역 날 악질惡質의 연기煙氣가 스며든다. 하나 미구未久에 우리에게 광명光明의 천지天地가 있다.

터널을 벗어났을 때 요즈음 복선공사複線工事에 분주奔走한 노동자勞働者들을 볼 수 있다. 아침 첫차車에 나갔을 때에도 일하고 저녁 늦차車에 들어올 때에도 그네들은 그대로 일하는데, 언제 시작始作하여 언제 그치는지 나로서는 헤아릴 수 없다 이네들이야말로 건설建設의 사도使徒들이다. 땀과 피를 아끼지 않는다.

그 육중한 트럭*을 밀면서도 마음만은 요원遙遠한 데 있어 트럭 판장에다 서투른 글씨로 신경행新京行이니 북경행北京行이니 남경행南京行이니라고 써서 타고 다니는 것이 아니라 밀고 다닌다. 그네들의 마음을 엿볼 수 있다. 그것이 고력苦力에 위안慰安이 안 된다고 누가 주장主張하랴.

이제 나는 곧 종시終始를 바꿔야 한다. 하나 내 차車에도 신경행, 북경행, 남경행을 달고 싶다. 세계일주행世界一週行이라고 달고 싶다. 아니 그보다 진정眞正한 내 고향故鄕이 있다면 고향행故鄕行을 달겠다. 다음 도착到着하여야 할 시대時代의 정거장停車場이 있다면 더 좋다.

—《신천지新天地》1948년 11 · 12월

---

*덩그러시 : 덩그러니, 덩그렇게.

*상푸둥 : 상푸동, 상푸둥. 과연, 모르면 몰라도, 생각한 대로.

*불일내 : 불일내不日內. 며칠 걸리지 아니하는 동안.

*카무플라주 : camouflage. 불리하거나 부끄러운 것을 드러나지 아니하도록 의도적으로 꾸미는 일.

*아수롭다 : 아쉬운 데가 있다.

*가찹다 : 가깝다.

*시벽하다 : 외진 곳에 치우쳐서 구석지다.

*원고에는 '트럭'으로 돼 있으나 철도 선로 공사에 투입된 차라면 궤도차로 고쳐야 맞다.

작품론 · 작가론

# 윤동주 시의 비극성 또는 시적 의지

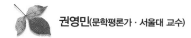

권영민(문학평론가 · 서울대 교수)

## 민족의 마지막 자존심으로 빛난 시인

시인 윤동주의 생애는 간단한 몇 줄의 글로 요약할 수 있다. 윤동주는 1917년 중국 북간도北間島 명동촌明東村에서 태어났다. 명동촌에서 소학교를 다녔고, 1932년에 룽징[龍井]의 은진중학에 입학한다. 그는 한때 평양의 숭실중학교로 전학하여 수학했던 적도 있지만, 신사 참배 거부 사건으로 숭실중학교가 폐교당하자 다시 룽징으로 돌아와 광명학원 중학부를 졸업한다. 윤동주는 1936년을 전후하여 그의 시적 재능을 발휘하면서, 옌지[延吉]에서 간행되는 《카톨릭 소년》이라는 잡지에 동요, 동시를 발표하기 시작한다. 그가 룽징을 떠나 연희전문학교에 입학한 것은 1938년이다. 윤동주는 1941년 연희전문을 졸업하고, 1942년 일본의 릿쿄 대학[立敎大學]에 입학했지만, 가을에 도시샤 대학[同志社大學] 영문과로 전학한다. 도시샤 대학에 재학 중이던 1943년 그는 친척인 송몽규宋夢奎와 귀국하다가 독립운동 혐의로 일본 경찰에게 체포된다. 그리고 2년형을 선고받고 후쿠오카[福岡] 형무소에서 복역하다가 1945년 2월 16일 옥사한다.

윤동주는 북만주 땅에서 태어나 거기서 중학을 마치고 서울 연희전문학교를 스물다섯에 졸업하였지만, 당시 문단에 이름을 올린 시인은 아니었다. 자기 혼자 습작처럼 써놓은 시들을 친구들과 돌려 읽을 정도로 순수한 문학청년이었다. 그가 다시 일본 유학길에 올라 교토의 도시샤 대학에서 영문학을 공부하기 시작했을 때에도, 이 순결한 문학청년이 가슴에 안고 있던 뜨거운 목소리를 제대로 알아본 사람이 많지 않았다. 그러나 그가 독립운동 혐의로 일경에게 체포되어 2년형을 받고 후쿠오카 형무소에 수감되고, 해방을 눈앞에 둔 1945년 2월 참혹하게 옥중에서 세상을 떠난 뒤에야 윤동주가 운명의 시인임을 사람들은 비로소 알아차리게 되었다. 어둠의 시대에 새벽을 노래한 그의 시가 비극의 식민지 체험 막바지에 우리 민족의 마지막 자존심처럼 빛나고 있었던 것이다.

윤동주의 시는 1948년 그의 유고 시집 《하늘과 바람과 별과 시》가 발간되면서 문단의 주목을 받게 된다. 윤동주가 생전에 발표한 작품은 룽징의 광명중학 시절에 《카톨릭 소년》에 발표한 동시 몇 편, 《조선일보》 학생판 및 연희전문에서 발행한 잡지 《문우文友》에 실린 시 몇 편뿐이다. 오늘날 널리 알려져 있는 윤동주의 시는 대부분 유고의 형태로 시집 《하늘과 바람과 별과 시》에 수록되어 있다. 그러나 윤동주는 생전에 연희전문에 다니던 무렵(1938~1941)의 시들을 모아 '하늘과 바람과 별과 시' 라는 제목으로 시집을 내려고 계획했을 정도로 상당한 작품을 창작한 바 있다. 시집 《하늘과 바람과 별과 시》에는 당시의 작품들이 그대로 실려 있고, 일본 유학 시절에 쓴 작품들도 함께 묶여 있다. 이 시집 초판에 시인 정지용은 "무시무시한 고독에서 죽었고나! 29세가 되도록 시도 발표하여 본 적도 없이!"라는 유명한 경탄을 넣어 서문을 붙인 바 있다. 현재까지 알려진 작품은 시 76편, 동시 35편 등 100여 편에 이른다.

윤동주의 시는 순결한 동심(童心) 지향적 세계와 함께 실향 의식을 강하게 드러낸다. 그리고 그의 많은 작품에는 어두운 현실 속에서 떳떳하게 살아가지 못하는 자기 자신에 대한 비판적 성찰이 여러 가지 방법으로 형상화되고 있다. 특히 그의 작품에서는 식민지 상황에 대한 불안 의식과 함께 끝없는 자기 성찰이 특이한 긴장을 드러낸다. 그의 시가 내적으로는 자아에 대한 성찰과 외적으로는 식민지 현실에 대한 비판을 통합적으로 형상화하고 있다는 평가를 받는 것은 이 때문이다. 윤동주의 시가 저항시 범주에 속할 수 있느냐에 대해서 다소의 반론이 없지는 않지만, 일제 말기 어둠의 현실을 바라보는 비판적 태도와 함께 자기 내면으로부터 비롯되고 있는 반성적 언어를 통해 왜곡된 현실을 극복하고자 하는 시적 의지를 구현하고 있다는 것은 부인할 수 없는 사실이다.

## 끊임없는 자기 성찰을 통한 현실 접근

식민지 시대의 문학과 그 역사적 조건에 대한 반성을 전제할 경우, 시인 윤동주의 위상은 매우 특이한 의미를 지닌다. 윤동주의 시는 그 시적 상상력과 정서의 기반이 언제나 가장 개인적인 것에서부터 출발한다. 시적 주체로서의 서정적 자아가 유별나게도 두드러지게 드러나고 있다는 것은 현실에서의 자아 인식의 문제를 시적 주제의 핵심에 두고 있음을 말한다. 물론 이러한 현상을 문학에서의 주체 정립이라는 과제와 관련지어 볼 수도 있다. 일본 식민지시대 문학에서 끊임없이 제기된 개인의 자각과 인식 문제는 한국의 역사적인 상황과 현실에 대한 인식에 근거한다. 특히 이것은 식민지 근대라는 것에서 비롯된 문화적 충격에 대한 반성적 자의식에서 비롯된 경우가 많다.

윤동주의 시에서는 자기 인식의 방법이 언제나 '부끄러움'의 인식으로 구체화되고 있다. 그가 보여주고 있는 자기 성찰은 그것이 실천적인 행동 의지로 외현화하지는 않았지만 자신의 삶에 대한 끊임없는 뒤돌아봄을 통해 현실의 문제에 접근할 수 있는 가능성을 보여준다. 이러한 경향은 시 〈자화상自畵像〉이나 〈참회록懺悔錄〉 등에 잘 드러나 있다.

산모퉁이를 돌아 논가 외딴 우물을 홀로 찾아가선 가만히 들여다봅니다.

우물 속에는 달이 밝고 구름이 흐르고 하늘이 펼치고 파아란 바람이 불고 가을이 있습니다.

그리고 한 사나이가 있습니다.
어쩐지 그 사나이가 미워져 돌아갑니다.

돌아가다 생각하니 그 사나이가 가엾어집니다. 도로 가 들여다보니 사나이는 그대로 있습니다.

다시 그 사나이가 미워져 돌아갑니다.
돌아가다 생각하니 그 사나이가 그리워집니다.

우물 속에는 달이 밝고 구름이 흐르고 하늘이 펼치고 파아란 바람이 불고 가을이 있고 추억追憶처럼 사나이가 있습니다.

—〈자화상〉 전문

앞의 시는 서정적 자아에 대한 반성과 연민이 산문체로 진술되어 있다. 이 시적 진술을 따라가 보면, 외딴 우물이 등장한다. 그 우물을 들여다보니 한 사나이의 모습이 비친다. 처음에는 그 사나이가 미워져 돌아선다. 돌아가다 생각해보니 그 사나이가 가엾어져 도로 들여다보고, 다시 미워져 돌아가지만 이내 그가 그리워진다. 시적 모티프로서 수면이나 거울은 대개 자기 성찰의 계기가 되는 것이 상례다. 이 시에서의 우물도 좀 독특하기는 하지만 일차적으로는 자기 성찰의 계기를 서정적 자아에게 제공

하고 있다.

그러나 이 시에서 자기 성찰은 현재의 자기 모습과 상황을 돌이켜보고 이를 비판하거나 반성하는 산문적인 것이 아니다. 우물 속에 비친 모습을 들여다보다가 돌아서고 다시 들여다보고 또 돌아서는 반복적인 행위의 모티프를 통해 자기 내면에서 일어나고 있는 복잡한 정서적 갈등이 형상화되고 있기 때문이다. 다시 말하면, 이 행위의 반복에 대응하는 정서의 갈등을 결합하여 자기반성의 시적 주제에 도달하고 있는 것이다.

이 시가 유별나게 느껴지는 것은 서정적 자아의 형상을 구성하고 있는 자기반성이, 잃어버린 세계 혹은 지나가버린 과거에 대한 안타까움과 그 시절의 자기 자신에 대한 연민의 감정으로 변해 가는 모습을 보인다는 점이다. 우물에 비친 자기 모습은 고립된 자아는 아니다. 가을 밤하늘의 아름다운 공간이 함께 어우러져 있다. 그러므로 자기 자신을 되돌아보는 가운데 담담한 그리움의 정서가 배어나게 된다. 그리고 바로 여기서 시대와 현실을 고민하는 한 젊은이의 내면적인 '자화상'이 부각되고 있는 것이다.

파란 녹이 낀 구리 거울 속에
내 얼굴이 남아 있는 것은
어느 왕조王朝의 유물遺物이기에
이다지도 욕될까.

나는 나의 참회懺悔의 글을 한 줄에 줄이자.
─만滿 이십사 년二十四年 일 개월一個月을
    무슨 기쁨을 바라 살아왔던가.

내일이나 모레나 그 어느 즐거운 날에
나는 또 한 줄의 참회록懺悔錄을 써야 한다.

―그때 그 젊은 나이에

　　　　왜 그런 부끄런 고백告白을 했던가.


　　　밤이면 밤마다 나의 거울을

　　　손바닥으로 발바닥으로 닦아보자


　　　그러면 어느 운석隕石 밑으로 홀로 걸어가는

　　　슬픈 사람의 뒷모양이

　　　거울 속에 나타나온다.

―〈참회록〉 전문


　윤동주의 시에서 민족의 역사와 개인의 삶의 자세를 극명하게 관련지어 노래하고 있는 경우는 〈참회록〉이 가장 대표적인 예에 속한다. 이 시는 역사와 개인의 존재 의미를 자아의 내면을 향한 질문의 형식으로 제기한다. 물론 여기서도 자기 삶의 자세에 대한 비판이 우선한다. 민족의 역사를 돌아보고 있는 시인에게 있어서 앞으로 다가올 미래는 "내일이나 모레나 그 어느 즐거운 날"로 막연하게 상정되어 있다. 그러므로 이러한 미래의 가능성을 실현하기 위해 의지적인 자기 신념을 더욱 굳히며 자아와 민족의 역사가 함께할 수 있도록 끊임없는 자기 존재의 확인이 필요하다. 이 시에서 "거울을 닦는 행위"로 구체화되고 있는 것은 자아의 실천적 의지라고 할 수 있다. 물론 이러한 의지에 포착되고 있는 것이 "슬픈 사람의 뒷모습"이라는 점은 현실 상황의 비극성을 역설적으로 보여주는 셈이다.

　윤동주의 시에서 서정적 자아와 대립되고 있는 삶의 현실은 대개 비극적인 상황으로 내세워지고 있다. 민족과 국가라는 절대 개념이 부정되는 식민지 현실은 왜곡된 역사이며 불모의 땅이다. 그의 시는 바로 이 같은 현실에 대한 시적인 도전이며 예술적 비판이라고 할 수 있다. 이 시인의

시의 세계가 정신적인 자기 확립의 단계에 들어설 무렵에 이루어진 다음
의 시는 이러한 사실을 분명하게 입증해 준다.

고향故鄕에 돌아온 날 밤에
내 백골白骨이 따라와 한 방에 누웠다.

어둔 방房은 우주宇宙로 통通하고
하늘에선가 소리처럼 바람이 불어온다.

어둠 속에 곱게 풍화작용風化作用하는
백골白骨을 들여다보며
눈물짓는 것이 내가 우는 것이냐
백골白骨이 우는 것이냐
아름다운 혼魂이 우는 것이냐

지조志操 높은 개는
밤을 새워 어둠을 짖는다.

어둠을 짖는 개는
나를 쫓는 것일 게다.

가자 가자
쫓기우는 사람처럼 가자
백골白骨 몰래
아름다운 또 다른 고향故鄕에 가자.

—〈또 다른 고향〉 전문

이 시에서 현실은 "밤"과 "어둠"의 "고향"으로 그려진다. "나"라는 서정적 자아의 형상을 통해 성찰적 태도로 제시되고 있는 이상의 세계는 "아름다운 또 다른 고향"이다. 이 두 개의 공간을 대비시키기 위해 시인은 감각적 심상의 중첩을 통해, 일제 강점하에서의 현실적 불안감과 치열한 자기 성찰 의지를 긴장감 있게 배치한다. 그러므로 시적 텍스트 자체가 "나"와 어둠의 공간, "백골"과 "아름다운 혼", "나"와 "지조 높은 개" 사이의 갈등 구조를 통해 공간적 형상을 구체적으로 드러내고 있다. 여기서 "백골"은 현실 속의 부끄러운 자아를 나타내고, "아름다운 혼"은 평화와 광명이 있는 이상 세계를 갈구하는 정신 즉 이상적인 자아를 나타낸다. 또한 그 이상 세계는 어둠의 공간인 현실의 고향과 대립된다. 이 시의 마지막 구절인 "백골 몰래/아름다운 또 다른 고향으로 가자"는 고향의 상실에 대한 현실적 불안감 속에서도 어둠의 공간인 현실을 버리고 이상의 세계를 찾으려는 시적 의지의 표현으로 이해할 수 있다. 결국 "또 다른 고향"은 모든 억압과 공포, 어둠과 불안을 벗어난 평화의 세계에 해당한다.

창窓밖에 밤비가 속살거려
육첩방六疊房은 남의 나라,

시인詩人이란 슬픈 천명天命인 줄 알면서도
한 줄 시詩를 적어볼까.

땀내와 사랑내 포근히 품긴
보내주신 학비봉투學費封套를 받아

대학大學 노─트를 끼고

늙은 교수教授의 강의講義 들으러 간다.

생각해보면 어린 때 동무를
하나, 둘, 죄다 잃어버리고

나는 무얼 바라
나는 다만, 홀로 침전沈澱하는 것일까?

인생人生은 살기 어렵다는데
시詩가 이렇게 쉽게 씌어지는 것은
부끄러운 일이다.

육첩방六疊房은 남의 나라,
창窓밖에 밤비가 속살거리는데,
등불을 밝혀 어둠을 조금 내몰고,
시대時代처럼 올 아침을 기다리는 최후最後의 나,

나는 나에게 작은 손을 내밀어
눈물과 위안慰安으로 잡는 최초最初의 악수握手.

—〈쉽게 씌어진 시〉 전문

　윤동주의 시에서 볼 수 있는 현실 인식의 문제는 앞의 〈쉽게 씌어진 시〉
에서 구체성을 드러낸다. 이 시에서 우선적으로 관심의 대상이 되는 것은
"육첩방은 남의 나라"라는 시적 진술로 요약되고 있는 공간의 타자성이
다. 이 공간은 "육첩방"이라는 협소하고도 폐쇄적인 장소로 형상화되어

있고, 비가 내리는 밤의 어둠으로 그 후경(後景)이 그려진다. 이러한 현실과 상황의 인식이 선행되고 있기 때문에 서정적 자아는 "시인이란 슬픈 천명"을 감수할 수밖에 없다.

하지만 이 시에서 자아의 존재를 가장 비극적인 것으로 만들고 있는 명제는 "육첩방"이 그려내고 있는 공간의 타자성도 아니요, "시인이란 슬픈 천명"을 인정하는 것도 아니다. 오히려 이 두 개의 명제를 바탕으로 "시가 이렇게 쉽게 씌어지는 것은 부끄러운 일"임을 깨닫게 되는 일이다. 시를 써야만 하는 것이 시인의 숙명이라는 것은 부인할 수 없는 일. 그러나 시를 쓰는 일을 통해서만 자신의 존재를 확인할 수 있는 시인이 시 쓰는 것 자체를 "부끄러운 일"로 인식하게 되는 것은 어인 일인가?

윤동주가 꿈꾸고 있는 것은 현실과 자아의 조화로운 만남이다. 이것은 역사와 개인의 존재가 함께 요구하는 삶의 총체성을 의미한다고 할 수 있다. 그러므로 앞의 시에서 "등불을 밝혀 어둠을 조금 내몰고 시대처럼 올 아침을 기다리는 최후의 나"라는 구절은 비장함조차 느껴지기도 한다. 시대의 고통을 자기 내면에 끌어들여 놓고 그것을 고뇌하는 자기 인식의 비극성이 더욱 절실한 느낌으로 남아 있기 때문이다.

## 순수 의지와 자기희생

윤동주의 시에 있어서 시적 주체로서의 서정적 자아가 보여주고 있는 자기 성찰은 자기 내면에의 몰입, 순수한 자기희생의 문제로 귀착된다. 고통의 현실이 그 고통의 아픔만큼 더욱 깊이 의식의 내면에 자리 잡고 있으며 괴로운 역사가 그 무게만큼 의식의 내면을 억누른다. 이처럼 철저한 자기화의 논리 때문에 그는 자신이 내세우고 있는 신념과 그 실천적 의지 사이에 조그마한 간격도 인정하지 않는다. 자신에게 부여하고 있는 도덕적 준엄성을 고수하기 위해 그가 고통스런 삶에 대처할 수 있는 하나의 방법으로 내세우고 있는 것이 순수 의지와 자기희생이다.

(1)

죽는 날까지 하늘을 우러러
한 점 부끄럼이 없기를,
잎새에 이는 바람에도
나는 괴로워했다.
별을 노래하는 마음으로
모든 죽어가는 것을 사랑해야지
그리고 나한테 주어진 길을
걸어가야겠다.

오늘 밤에도 별이 바람에 스치운다.

—〈서시序詩〉 전문


(2)

쫓아오던 햇빛인데
지금 교회당敎會堂 꼭대기
십자가十字架에 걸리었습니다.

첨탑尖塔이 저렇게도 높은데
어떻게 올라갈 수 있을까요.

종鐘소리도 들려오지 않는데
휘파람이나 불며 서성거리다가,

괴로웠던 사나이,
행복幸福한 예수 그리스도에게처럼

십자가+字架가 허락許諾된다면

모가지를 드리우고
꽃처럼 피어나는 피를
어두워가는 하늘 밑에
조용히 흘리겠습니다.

—〈십자가〉 전문

앞의 시 (1)에서 "한 점 부끄럼"도 자신에게 용납하지 않겠다는 의지는
그 순수함 때문에 더욱 비극적인 의미로 부각된다. 고통스런 현실 속에서
자기 의지의 순수함을 지켜나가기 위해서는 준엄한 자기 심판이 있어야
하며 어떠한 상황 속에서도 "주어진 길"을 걸어가야 한다. 그리고 삶의 괴
로움을 외면하지 않고 그것을 정신적 의지로 이겨나가기 위해서는 겸허
하게 자기 삶에 임해야 하는 것이다.

시 (2)의 경우는 그 창작 일자가 1941년 5월 31일로 작품 말미에 부기
되어 있다. 일제 말의 고된 민족적 수난기에 자기희생의 의지를 노래한
순교자적 의식이 잘 표현되어 있다. 이 시에서 주목되는 시어는 중심 소
재인 "십자가"다. 이것은 기독교라는 종교적인 의미를 넘어서 서정적
자아의 지향 세계 즉 종교적 또는 도덕적 차원에서의 삶의 지표를 나타낸
다. 그리고 교회당 꼭대기에 걸려 있는 햇빛, 높은 첨탑, 종소리도 없는
상황을 통하여 절박한 현실을 그려내고 있다. 그리고 그 가운데에 서정적
자아의 방황하는 모습이 자리한다. 그러나 여기서 그려지고 있는 서정적
자아는 '부끄러움'에 몸을 사리는 소극적인 모습이 아니다. 자기희생을
통해 절망적 상황으로부터 벗어나고자 한다. 십자가를 짊어진 예수 그리
스도가 자기희생을 통해 인류를 구원했듯이, 서정적 자아도 자기 스스로
에게 역사를 위한 희생을 요구한다. 그리고 십자가를 짊어지고 피를 흘려

서라도 어두운 현실을 밝히겠다는 의지를 다짐한다. 예수의 고행苦行을 "행복"으로, 수난자의 피는 "꽃처럼"으로 표현하고 있는 이 시의 참 주제는 어둠의 현실을 자기희생을 통해서 극복한다는 바로 그 시적 의지에서 찾을 수 있다.

윤동주 시의 세계는 그가 시를 통해 제시한 대로 자기희생의 단계에서 끝이 난다. 그는 불행한 죽음으로 인하여 자기 의지의 실천을 확인하는 과정에 이르지 못한다. 그러나 그의 시는 시대적인 고뇌를 비극적으로 형상화하는 데에 성공하고 있으며 현실의 괴로움과 삶의 어려움을 철저하게 내면화하여 그 시적 긴장을 지탱하고 있다. 그리고 바로 이 점이 시인 윤동주의 시인다움을 말해 주는 특징이라고 할 수 있다.

# 삶의 시간과 기도의 공간

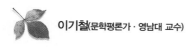 이기철(문학평론가 · 영남대 교수)

## 윤동주만이 갖는 영혼의 우주

윤동주라는 이름은 이미 그 이름만으로도 문학사에 가름한다. 그뿐 아니라 윤동주라는 이름은 그 이름만으로도 시의 양식에 가름한다. 시라는 예술 양식을 떠올릴 때 누구의 머릿속에서나 윤동주의 이름을 떠올리게 되는 것은 명편名篇의 시를 남긴 시인은 그 자신이 곧 명편의 시어로 화신할 수 있음을 보여주는 사례가 된다.

〈서시〉가 있고 〈별 헤는 밤〉이 있고 〈또 다른 고향〉이 있고 〈참회록〉이 있다. 〈자화상〉이 있고 〈또 태초의 아침〉이 있고 〈십자가〉가 있고 〈쉽게 씌어진 시〉가 있다. 그런 명편들은 우리 삶의 지평 위에 시만이 가질 수 있는 또 다른 정신의 우주 하나를 띄워놓은 것이며 이 공간은 다른 영역으로 대신할 수 있는 것도, 다른 시인이 대신할 수 있는 것도 아닌 윤동주만이 갖는 영혼의 우주며 영혼의 공간이라 할 만하다.

아름다워서 슬픈 시, 정직해서 가슴 아린 시가 명편이 될 수밖에 없는 것은 시의 마음이 곧 시인의 마음이고 시인의 마음이 곧 독자의 마음일 수 있음을 증언하는 것이지만, 같은 시대에 살았던 다른 시인의 삶과는 달리

유독 윤동주는 아름다워서 슬픈 시, 정직해서 가슴 아린 삶과 시를 남긴 풋순 같은 시인으로 우리의 가슴 속에 남아 있다. 어째서 그럴까? 그런 대답을 얻기 위해서는 반드시 거쳐가야 할 길이 있다. 그것은 "죽는 날까지 하늘을 우러러 한 점 부끄럼이 없기를" 바랐던 윤동주의 삶의 자세와 "손 들어 표할 하늘이 없"는 곳이라는 윤동주의 현실 인식이 때로 상충하고 때로 화해하던 공간, 서로 손 잡으며 서로 갈라지던 양 갈래 길이다. 앞의 길은 사랑과 연민과 성찰의 길이고 뒤의 길은 민족의 운명에 대한 자기 검증과 저항의 길이다. 이 길은 식민지 시대를 살아간 지식인이나 시인들에게 공통되는 길일 수도 있지만 특별히 윤동주에게는 언어로 빚은 서정과 칼날로 대신되는 정신 영역에 해당하며 또한 그것은 윤동주에게는 시가 언어로 표현되는 예술이기 이전에 곧 삶이며 자기 성찰의 목소리를 받아 쓴 영혼의 기록이었음을 말해주는 것이기도 하다.

## 동정녀 마리아와 같이 순결한 시인

별과 아침을 기다렸던 시인, 잎새에 이는 바람에도 괴로워했던 시인, 끝없는 참회와 부끄러움을 미학으로 했던 시인, 그러나 영원히 우리의 가슴에 소년으로 남아 있는 시인, 윤동주. 사후 육십 년이 지난 윤동주는 어째서 아직도 우리의 가슴에 소년으로 남아 있을까? 그리고 그의 시는 왜 단순한 언어의 구조물이 아니라 가슴의 언어, 혈흔의 언어로 읽힐까? 그것은 아마도 그의 시가 때 묻지 않은 청초함을 지녔기 때문이며, 또한 스물 아홉이라는 나이에 그나마도 이국땅의 감옥에서 생을 마감했다는 애틋함 때문이며, 거기에다 식민지 조국이라는 슬프고 애달픈 그림자가 그의 시 속에 드리워 있기 때문이다. 그의 삶을 보면, 윤동주는 생전에 한 번도 직업을 가져본 일이 없고 한 편의 시도 공인된 잡지에 발표한 일이 없다. 그런 만큼 윤동주는 살아 있는 동안 한 번도 문단인과 교유를 한 적이 없을 뿐만 아니라 결혼도 하지 않고 살다간 시인, 어쩌면 동정녀 마리아를 떠올릴 수도 있는 순결한 정신과 육체의 소유자였다. 현존하는 몇 가지 기록이나 증언들을 살펴보아도 윤동주가 여성과 교제한 흔적은 발견되지 않는다. 윤동주가 그의 시를 탐독해 마지않았던 동시대의 선배 시인 정지용도 1947년 12월에 쓴 추도의 글에서 '내가 시인 윤동주를 몰랐기로서니 윤동주의 시가 바로 시이고 보면 그만 아니냐'라고 할 만큼 윤동주는 문단에서 철저히 가려져 있었던 시인이었다. 그런 만큼 윤동주는 이슬처럼 짧고 풀잎처럼 청순한 삶을 살다간 시인이며 그것이 윤동주가 우리에게 영원한 소년으로 남아 있는 까닭이다. 그의 삶의 공간은 고향 룽징[龍井]과 연희전문과 릿쿄[立敎] 대학과 도시샤[同志社] 대학이라는 학창이 전부이며, 그의 시도 새순같이 풋풋한 학창을 배경으로 하여 쓰인 것이 전부이다. 그러기에 시라는 것도 그에게는 그를 둘러싼 삶의 섬세한 무늬로서 기능했을 뿐 애국의 도구나 시인으로서의 명예를 위한 수단으로 쓴 것은 아니다. 그의 시 어느 편을 읽어보아도 시적인 재치나 기교를 부린 흔적이 없고 모든 시편이 삶의 면면과 식민지 지식인으로서의 양심의 거울로서만 기능하고 있음이 이를 증명한다. 그러기에 그의 깨끗하고 꾸밈없는 시의 목소리는 사회적 요구나 윤리적 요청에 의한 것이라기보다 순전히 자기 삶에 대한 내적 성찰에서 온 것이라 하는 것이 좋을 것이다.

## 심미적 삶과 윤리적 삶의 기로

윤동주의 시가 저항시냐 아니면 순수한 서정시냐 하는 물음은 윤동주의 시를 이해하는 데 있어 지나쳐 갈 수 없는 난제 중 하나이지만 이 문제에 대한 논의에 매달리면 정작 윤동주 시의 요체라고 할 내면의 목소리와 그의 시가 지니고 있는 정감의 본질, 그것이 독자의 마음에 스며드는 '울림의 미美'를 놓칠 염려가 있다. 윤동주가 〈간〉에서 "내가 오래 기르던 여윈 독수리야!/ 와서 뜯어 먹어라, 시름 없이/ 너는 살찌고/ 나는 여위어야지"라고 노래했다든지, 〈십자가〉에서 "괴로웠던 사나이/ 행복한 예수 그리스도에게처럼/ 십자가가 허락된다면// 모가지를 드리우고/ 꽃처럼 피어나는 피를/ 어두워가는 하늘 밑에/ 조용히 흘리겠습니다"라고 노래한 것은 심리적으로는 피학증을 나타낸 것이기도 하지만 그보다는 자신의 힘으로는 불가항력적인, 식민지라는 조국의 현실을 비껴 노래한 것이고 나아가 그러한 현실에 대한 창백한 지식인으로서의 무력함을 채찍질한 것이라 보는 것이 옳다.

생애와 연보를 통해서 볼 때 윤동주는 식민지 종주국에 행동으로 저항한 사실이 없고 단 한 편의 저항시도 공인된 기관에 발표한 사실이 없다. 그런 윤동주가 사후에 저항 시인으로 자리매김한 것은 식민지 시대의 저항의 기록을 풍성하게 하려는 고의적인 의도이거나 아니면 윤동주에 대한 애정의 감정이입으로 사실보다 더 확대되었기 때문이라 볼 수밖에 없다. 시인이 쓰는 시는 시대에 따라 그 자체가 언론 행위이고 정치 행위가 될 수 있다. 시인은 철저히 문자에 의해 활동하며 문자 행위는 곧 저항 행위일 수도 있는 시대에 살았던 윤동주는 그러한 문자 행위를 적극적으로 펼친 일이 없다. 그가 쓴 모든 시는 그의 사후에 시집으로 남은 것이거나 아니면 지인이나 그의 아우가 여러 곳에서 수집해서 시집에 수록한 것이다. 여기에 더하여 그가 윤동주라는 이름 대신에 히라누마 도주[平沼東柱]라는 이름으로 창씨개명한 사실 또한 이 논의에서 자유롭지 않다. 그는 1942년 7월에 도일하여 릿쿄 대학에 입학하는데, 창씨개명의 이유는 일본 유학을 위해서라고 하는 것이 일반적인 견해이다. 도일했지만 그에게는 일본을 배우려는 욕망보다 서양을 배우려는 욕망이 더 컸다. 그랬기에 고종사촌 송몽규처럼 역사학을 택하지 않고 영문학을 택했다. 그의 장서 가운데 서양의 철학자나 유럽 시인의 책들이 많았던 것도 이 점에 관한 한 함께 생각해볼 수 있는 자료다.

그는 고향 룽징과 도쿄 사이, 동양과 서양 사이, 나아가 심미적 삶과 윤리적 삶의 기로에서 고뇌했고, 이 가운데 어느 쪽도 쉬이 놓지 못해 고뇌

한 흔적을 남겼다. 그런 만큼 그는 적극적이고 실천적인 성격의 소유자가 아니었다. 그는 행동과 실천보다는 오히려 이상적인 삶, 도덕적이고 윤리적이기보다는 오히려 심미적인 삶을 지향했던 시인으로 이해하는 것이 옳다.

그러나 그의 이상적인 삶 혹은 심미적 영혼 위에 식민지라는 어두운 그림자와 일본이라는 새 체험이 정서적 혼란으로 다가왔던 것은 틀림없는 사실이다. 그런 점은 그의 여러 편의 시들에서 여실히 발견된다. 〈십자가〉에서 그는 "행복한 예수 그리스도"처럼 십자가를 지거나 "꽃처럼 피어나는 피를 어두운 하늘에 흘릴" 수 없는 삶을 안타까워했고, 〈무서운 시간〉에서는 "어디에 내 한 몸 둘 하늘이 있어/ 나를 부르는 것이오. // 나를 부르지 마오."라고 씀으로써 스스로를 자폐의 공간 속에 가두기도 한다. 거기다 그는 그의 마지막 작품인 〈쉽게 씌어진 시〉에서 "창밖에 밤비가 속살거려/ 육첩방은 남의 나라"임을 아프게 깨달으며 "어린 때 동무를/ 하나, 둘 잃어버리고 나는 무얼 바라 홀로 침전하는 것일까?"라고 씀으로써 고향을 떠나 교토에서 생활하는 자신과 쉽게 쓰이는 시에 대해 자성하고 부끄러워한다. 그렇다고 그가 서울과 일본의 유학 시절 방학 때마다 왔다 이시는 고향 룽징에서 마음의 평화를 누린 것도 아니다. 그것은 1941년에 쓴 시 〈또 다른 고향〉에서 확인된다. 이 시에서 그는 "고향에 돌아온 날 밤에/ 내 백골이 따라와 누웠다"라 하고 "가자 가자/ 쫓기우는 사람처럼 가자/ 백골 몰래/ 아름다운 또 다른 고향에 가자"라고 노래한다. 고향에 돌아온 날 밤에 내 백골이 따라와 누웠다는 것은 고향을 어둠 혹은 죽음의 음산한 공간으로 이해한 탓이고, "가자 가자, 쫓기우는 사람처럼 가자, 백골 몰래 또 다른 고향으로 가자"라고 말하는 것은 그가 찾은 고향이 그리움은 있으나 그가 가고자 하는 이상향은 아님을 말한 것이다.

그러면 그가 가고자 하는 곳은 어디인가? 나는 그가 가고자 하는 곳이, 그가 독서를 통해 영향 받았던 유럽의 어느 곳 혹은 릴케나 괴테가 살았던

독일이 아닐까 생각한다. (이 점, 김우창은 〈손들어 표할 하늘도 없는 곳에서〉에서 '아름다운 혼'을 괴테의 《빌헬름 마이스터》 중의 '아름다운 영혼의 고백'에 비긴 바 있다) 더욱이 그가 새로움을 배우기 위한 수단으로 스스로가 용서할 수 없는 창씨개명까지 하면서 갔던 공간이 바로 민족의 운명을 압살하려는 식민지 종주국이기에 그에게 가중되는 혼란은 더 큰 것이었으리라.

## 시대를 괴로워한 양심의 수난자

윤동주를 논한 다수의 글들이 그의 시의 특징을 부끄러움에서 찾은 예가 있지만, 윤동주가 여러 편의 시에서 '부끄러움'이라는 말을 반복해서 쓰고 있는 것은 특별히 그의 정신적 염결성廉潔性과 스스로를 반성하는 성찰적 삶에서 온 것으로 이해할 수 있다. 스물아홉 살밖에 살지 못한 짧은 삶에서 무엇이 그를 그토록 부끄럽게 했을까? 윤동주가 시집을 내려고 원고를 정리한 뒤에 그 시집의 머리 시로 쓴 것으로 보이는 〈서시〉에서 그는 "죽는 날까지 하늘을 우러러/ 한 점 부끄럼이 없기를" 희구하며 "잎새에 이는 바람에도 나는 괴로워했다"고 표현함으로써 자신의 삶이 '부끄러움'의 삶이었음을 고백하고 있다. 그러면 그의 부끄러움은 무엇을 말한 것이며 어디서 연유한 것일까?

그것을 캐는 일은 간단하지 않다. 그러나 시의 문맥을 통해서 그 의미를 캐는 것은 불가능한 일이 아니다. 〈또 태초의 아침〉에서 그는 "이브가 해산하는 수고를 다하면 // 무화과 잎사귀로 부끄런 데를 가리고 // 나는 이마에 땀을 흘려야겠다"고 했고, 〈길〉에서는 "돌담을 더듬어 눈물짓다/ 쳐다보면 하늘은 부끄럽게 푸릅니다"라고 했다. 〈별 헤는 밤〉에서는 "딴은, 밤을 새워 우는 벌레는/ 부끄러운 이름을 슬퍼하는 까닭입니다"라고 했고, 〈쉽게 씌어진 시〉에서는 "인생은 살기 어렵다는데/ 시가 이렇게 쉽게 씌어지는 것은/ 부끄러운 일이다"라고 했으며, 〈참회록〉에서는 "그때 그 젊은 나이에/ 왜 그런 부끄러운 고백을 했던가"라고 했다.

　위의 시들 가운데서 〈또 태초의 아침〉에서는, "하얗게 눈이 덮인 아침에 하느님의 말씀을 들으며 하느님의 계시를 기다린다"거나 "빨리 봄이 오면 죄를 짓고 눈이 밝아 이브가 해산하는 수고를 다하면 무화과 잎새로 부끄런 데를 가리고 이마에 땀을 흘려야겠다"고 하는 것으로 보아 시인의 신앙심의 발로와 악과 선을 함께 준 신의 섭리에 충실할 수밖에 없는 종교적 신념을 표출한 것으로 읽히며, 〈길〉에서는 "내가 사는 것은 무얼 어디다 잃었는지 몰라, 잃은 것을 찾는 까닭입니다"라 한 것으로 보아 스스로의 삶의 방향 모색과 선뜻 갈 길을 결정하지 못하는 우유부단을 부끄러워한 것으로 보인다. 또한 〈별 헤는 밤〉에서는 "별 하나에 추억과 별 하나에 사랑과 별 하나에 쓸쓸함과 별 하나에 동경과 별 하나에 어머니 어머니"라고 노래하고, 별을 헤며 패, 경, 옥, 노루, 사슴, 토끼 등을 생각하다가 문득 11월 창밖의 귀뚜라미 소리를 들으며 그런 사소한 추억에만 잠겨 있는 자신을 부끄럽다고 한 것으로 보아 윤동주의 내면적 사색 혹은 조용한 자기성찰로 읽히고, 〈쉽게 씌어진 시〉에서는 "인생은 살기 어렵다는데 시만 쉽게 씌어지는 것이 부끄럽다"고 한 것과 그 시가 쓰인 공간이 릿쿄 대학이 있는 도쿄임을 감안하면 식민지적 삶에 대한 저항을 실천하지 못하는 자신을 부끄러워한 것으로 해석할 수 있다. 그리고 〈참회록〉에서는 첫 연부터 "파란 녹이 낀 구리 거울 속에/ 내 얼굴이 남아 있는 것은/ 어느 왕조의 유물이기에/ 이다지도 욕될까"라 한 것으로 보아 유교를 통치 이념으로 했던 조선조가 관념에 빠져 나라를 잃은 것, 그리고 자신은 그러한 무기력한 왕조의 후예라는 것을 간접적으로 비판하는 것으로 보이며, 또한 같은 시에서 "만 이십사 년 일 개월을/ 무슨 기쁨을 바라 살아왔던가?"라고 자문하는 것으로 보아 수직적 질서를 덕목으로 하는 유가적 실천보다 주 예수 안에서 평화를 얻으려는 기독교적 신앙의 회귀를 염원한 말이거나 아니면 실패한 왕조의 후예로 자족할 것이 아니라 그 왕조를 무너뜨린 적국 일본에 가서라도 새로운 문물을 배울 수밖에 없다는 자신의 심경을 우회적으로 표현한 것으로 해석된다. 왜냐하면 그는 이 시를 쓰기 닷새 전에 도항 증명서를 받기 위해 창씨개명 수속을 했기 때문이다. 그는 산문 〈화원에 꽃이 핀다〉에서 "나는 세계관, 인생관, 이런 좀 더 큰 문제보다 바람과 구름과 햇빛과 나무와 우정, 이런 것들에 더 많이 괴로워해왔는지도 모르겠습니다"라고 고백한다. 이 말은 역설적으로 그가 그만큼 시대를 아파했다는 증거이며 그 아픈 시대를 정면으로 대처하지 못하는 자신의 내면을 반성적으로 되돌아보는 말임을 알게 한다. 시 〈무서운 시간〉에서 윤동주가 "손들어 표할 하늘이 없다"라는 말로 현실을 개탄하면서도 현실과는 다른 자리에 있는 바람과 구름과 햇빛을 사랑할 수밖에 없다고 말하는 것은 스스로의 힘으로는 척결할 수 없는 현실에 대한 무력감과 자괴감을 말한 것이다. 그가 끊임없이 던지는 스스로에 대한 질책, 그것은 그가 처한 외적 조건과 스스로가 바라는 내적 희원의 상충과 그 갈등에서 오는 고뇌를 말한 것이다. 그러나 우리가 윤동주의 시를 읽을 때 잊지 말아야 할 것은 그가 신앙인이었건 아니었건 간에, 그리고 그의 성격이 온순했건 저항적이었건 간에 그는 시대를 괴로워했고 조국의 운명을 염려했으며 그가 그러한 시대의 희생자이며 양심의 수난자였다는 사실, 그 위에다 그는 그러한 수난을 스스로가 뼈저리게 체득하고 있었다는 사실이다.

그의 시를 통독해 보면 그의 시는 민족이나 저항을 함의하고 나타날 때는 추상화되거나 관념화된 모습을 보이는 경우가 많고 그렇지 않은 시에서는 구체적이며 서정적인 모습을 보임을 알 수 있다. 일반적으로 윤동주의 저항시라 일컬어지는 시들, 이를테면 〈쉽게 씌어진 시〉의 후반부 "등불을 밝혀 어둠을 조금 내몰고/ 시대처럼 올 아침을 기다리는 최후의 나"에서 '시대처럼 올 아침'이 그렇고 〈또 태초의 아침〉의 중간 부분에서 "빨리/ 봄이 오면/ 죄를 짓고/ 눈이 밝아"에서 "죄를 짓고 눈이 밝아"가 그렇다. 또한 〈참회록〉에서 그가 "그 어느 즐거운 날에 써야 한다"는 참회록은 무엇에 대한 참회록이며 또한 "그 젊은 나이에" 한 "부끄런 고백"은 무슨 고백인지가 분명하지 않다는 점도 마찬가지다. 이 점을 감안한다면 그는 인생에도 시에도 미완성이었으며 그 미완성이 오히려 후대들에게 아쉬움과 여운을 남긴 시인이라 할 수 있다. 그의 시의 완성 여부에 관계없이 우리는 현실의 어둠을 직시하고 '슬픈 천명'으로 시를 쓰며 살다 간 시인 윤동주의 삶과 그가 남긴 97편의 시를 사랑한다.

# 윤동주 연보

| | |
|---|---|
| 1917년 | 12월 30일 만주 간도성 화룡현 명동촌에서 명동소학교 교사인 윤영석尹永錫과 김용金龍의 맏아들로 출생. 본관은 파평, 아명은 해환. 조부 윤하현은 기독교 장로였음. 윤동주의 집안은 중조부 때에 함경북도 종성에서 간도 자동으로 이주했고, 조부 윤하현 때에 다시 명동촌으로 옮겨옴. 후에 윤동주와 함께 옥사한 고종사촌 송몽규는 외가인 윤동주의 집에서 같은 해 9월 28일에 태어남. 송몽규와 윤동주는 유아 세례를 받음. 출생 신고가 1년 늦어 호적상 윤동주의 생년은 1918년으로 되어 있음. |
| 1923년 | 12월 누이동생 혜원 출생. |
| 1925년 | 4월 고종사촌 송몽규, 당숙 윤영선(의사), 외사촌 김정우(시인), 문익환(목사, 시인) 등과 함께 명동소학교 입학. |
| 1927년 | 12월 동생 일주 출생. |
| 1931년 | 3월 명동소학교 졸업. 송몽규 · 김정우와 함께 중국인 소학교 화룡 현립 제일 소학교 고등과에 편입하여 1년간 수학. |
| 1932년 | 4월 룽징[龍井]의 기독교계 학교 은진중학교에 송몽규 · 문익 |

환과 함께 입학. 은진중학교 재학 시절 급우들과 교내 문예지를 만들고, 축구선수로 뛰고, 교내 웅변 대회에서 1등을 하기도 함.

1933년      4월 동생 광주 출생.

1934년      12월 24일 〈삶과 죽음〉, 〈초 한 대〉, 〈내일은 없다〉 3편의 시를 씀.

1935년      송몽규가 쓴 콩트 〈숟가락〉이 1월 《동아일보》 신춘문예에 아명인 송한범이라는 이름으로 당선된 후 4월경 가출하여 난징[南京]의 독립운동 단체로 감.
9월 은진중학교 4학년 1학기를 마친 윤동주는 평양 숭실중학교 3학년 2학기에 편입. 학교 YMCA 문예부에서 내던 《숭실활천》에 시 〈공상〉이 실림으로써 그의 작품 중 최초로 활자화됨.

1936년      3월 숭실중학교가 신사참배 거부 문제로 폐교되자 5년제인 광명학원 중학부 4학년에 편입. 문익환은 같은 학교 5학년에 편입. 독립운동 단체에서 활동하던 송몽규가 고향에 돌아와 4월부터 8월까지 웅기 경찰서에 구금되어 문초를 받음. 그 후 요시찰인으로 계속 일본 경찰의 주목을 받음.
윤동주는 간도 옌지[延吉]에서 발행하던 《카톨릭 소년》지에 동시 〈병아리〉, 〈빗자루〉를 윤동주尹童柱란 이름으로 발표. 광명중학교 시절 일본판 《세계문학전집》과 한국인 작가의 소

216

설과 시를 탐독하고 《정지용 시집》을 정독함.

1937년    《카톨릭 소년》에 동시〈오줌싸개 지도〉, 〈무얼 먹고 사나〉를 윤동주尹童柱란 이름으로, 〈거짓부리〉를 윤동주尹童舟란 이름으로 발표. 동주童舟란 필명을 이때 처음 사용.
송몽규는 룽징 대성중학교 4학년에 편입.

1938년    2월 광명중학교를 졸업하고 4월 서울 연희전문학교 문과에 입학. 송몽규도 함께 입학. 3년간 기숙사 생활을 함. 최현배 선생에게서 조선어를 배우고, 이양하 교수에게 영시를 배움.

1939년    《조선일보》 학생란에 산문 〈달을 쏘다〉, 시 〈유언〉, 〈아우의 인상화〉를 윤동주尹童柱와 윤주尹柱란 이름으로 발표. 동시 〈산울림〉을 《소년》에 발표.

1940년    연희전문 2년 후배 정병욱을 알게 되어 깊은 친교를 맺음. 이 무렵 릴케, 발레리, 지드 같은 작가들의 작품을 탐독하는 한편 프랑스어를 독학함.

1941년    5월 기숙사를 나와 정병욱과 함께 소설가 김송 집에서 하숙. 9월 김송과 학생에 대한 경찰의 감시가 심하여 다른 하숙집으로 옮겨감.
12월 연희전문학교 졸업. 졸업 기념으로 19편의 작품을 모아 자선시집 《하늘과 바람과 별과 시》을 출간하려 했으나 뜻을 이루지 못하고 자필 시집 3부를 만들어 1부는 자신이 갖고 이양하 선생과 정병욱에게 1부씩 증정. 본래 예정했던 시집 제목은 '병원'이었으나 〈서시〉를 쓴 이후 위의 제목으로 바꿈. 이해 말 고향집에서는 일제의 탄압을 못 이기고 동주의 도일 수속을 위하여 '히라누마[平沼]'로 창씨개명함.

| 1942년 | 나이와 어려워진 가계 사정으로 진학을 망설였으나 아버지의 권유로 일본 유학길에 오름. 이 무렵 키에르케고르를 탐독. 1월 24일 〈참회록〉이 고국에서 쓴 마지막 작품이 됨. 4월 도쿄[東京] 릿쿄[立敎] 대학 문학부 영문과에 입학했다가 10월 도시샤[同志社] 대학 영문학과 편입. 송몽규는 경도제국대학 서양사학과에 입학. 릿쿄 대학 재학 중인 4~6월 쓴 작품이며 오늘날 발견할 수 있는 마지막 작품인 〈쉽게 씌어진 시〉를 비롯한 5편의 시를 서울의 친구에게 우송함. |

1943년 · 7월 10일 송몽규가 독립운동 혐의로 검거됨. 7월 14일 운동 주도 송몽규와 같은 혐의로 검거됨.

1944년 · 2월 윤동주·송몽규 기소됨. 치안유지법 제5조 위반(독립운동) 죄로 징역 2년을 언도받음. 송몽규 역시 같은 죄목으로 2년 언도. 후쿠오카[福岡] 형무소에 투옥.

1945년 · 2월 16일 '동주 사망, 시체 가지러 오라'는 전보가 고향집에 배달됨. 부친과 당숙 윤영춘이 일본에 가서 송몽규를 먼저 면회함. 송몽규로부터 매일 이름 모를 주사를 맞는다는 이야기를 들음. 유해는 일본에서 화장하여 3월 6일 룽징의 동산

218

교회 묘지에 묻힘. 3월 10일 송몽규도 옥사. 단오 무렵 가족들이 윤동주 묘소에 '시인윤동주지묘詩人尹東株之墓'라는 비석을 세움.

1947년    2월 《경향신문》에 정지용의 소개문과 함께 시 〈쉽게 씌어진 시〉가 해방 후 최초로 발표.

1948년    1월 유고 31편을 모아 정지용의 서문을 붙여 시집 《하늘과 바람과 별과 시》를 정음사에서 간행. 작품 선별과 편집은 동생 윤일주가 담당.

# 한국대표시인 101인선집  윤동주

초판 1쇄 — 2006년 11월 28일
초판 2쇄 — 2011년 12월 5일

지은이 — 윤 동 주
펴낸이 — 임 홍 빈
펴낸곳 — (주)문학사상
주  소 — 서울특별시 송파구 오금동 91번지(138-858)
등  록 — 1973년 3월 21일 제 1-137호

편집부 — 3401-8543~4
영업부 — 3401-8540~2
팩시밀리 — 3401-8741
지로계좌 — 3006111
홈페이지 — www.munsa.co.kr
한글도메인 — 문학사상
E·메일 — munsa@munsa.co.kr

잘못 만들어진 책은 구입하신 서점에서 바꾸어 드립니다.

값은 표지 뒷면에 표시되어 있습니다.

ISBN 89-7012-770-4 04810
ISBN 89-7012-500-0 (세트)